कुल्हड़ भर इश्क : काशीश्क

(उपन्यास)

कुल्हड़ भर इश्क : काशीश्क

कौशलेन्द्र मिश्र

हिन्द युग्म
hindyugm.com
BLUE

ISBN : 978-93-87464-18-6

प्रकाशक:
हिंद युग्म ब्लू
सी-31, सेक्टर-20, नोएडा (उ.प्र.)-201301
फ़ोन- +91-120-4374046

मुद्रक : थॉमसन प्रेस
कला-निर्देशन : विजेन्द्र एस विज

पहला संस्करण : अगस्त 2018
पहली आवृत्ति : जनवरी 2019
आठवीं आवृत्ति : जुलाई 2025
मूल्य : ₹199

Kulhad Bhar Ishq : Kashishq
A novel by *Koshlendra Mishra*

Published By
Hind Yugm Blue
C-31, Sector-20, Noida (UP)-201301
Phone- +91-120-4374046
Email : sampadak@hindyugm.com
Website : www.hindyugm.com

First Edition : Aug 2020
First Reprint : Jan 2019
Eighth Reprint : Jul 2025
Price : ₹199

मेरे शिल्पी

दोस्त मेरे हीरो हैं
दिया मुझे स्टोरी का प्लॉट है।
भाई मेरे साथी हैं,
जन-जन तक पहुँचाई मेरी बात है।
दीदी प्रूफ रीडर हैं,
कहाँ क्या हो, उनको खूब एहसास है।
पापा-मम्मी तो पहला प्यार हैं,
फिक्रमंदी की दी मुझे सौगात है।

एक लड़का-लड़की हैं गिरे हुए,
लगता दोनों हैं मरे हुए।
ये खुद से किया, या मारे गए,
कि नाटक करके पड़े हुए।

डोरबेल

दवा और प्रसाद उतना ही लेना चाहिए जितना देने वाले देते हैं, अधिक लेने के लिए जबरदस्ती नहीं की जाती। इश्क की खुराक इतना आतुर करती है कि लोग खुद पर नियंत्रण नहीं रख पाते और अपनी तबीयत की औकात से ज्यादा ले लेते हैं फिर पढ़ाई पर गाज गिर जाती है। कुल्हड़ भर इश्क : काशीश्क, प्यार की शीशी पर मार्कर से गोला करके खुराक बताने वाला है जिससे ये पता चलता रहे कि कितना इश्क जीना है और कितनी पढ़ाई करनी है।

कुल्हड़-सा सौंधापन है काशी के इश्क में, कुल्हड़ भर कहने से आशय इश्क को संकुचित करने से नहीं बल्कि नियमित और संतुलित मात्रा में सेवन से है।

वर

काशी हिंदू विश्वविद्यालय की कक्षा में तीन वर्ष बीए के गुजारने के बाद भी सुबोध चौबे जी की इच्छाओं की पूर्ति नहीं हो सकी थी। यहाँ भी वही हुआ, जो उनकी दसवीं व बारहवीं की कक्षाओं में होता आया था। सुबोध चौबे जी कक्षा में सबसे आगे वाली बेंच पर बैठते- एकदम कोने में दीवार से लगकर, पूरी शांति से। मास्टर के लगभग हर सवाल का जवाब देने का प्रयास करते थे और फिर लड़कियों की पंक्ति पर एक बार दाँत निपोरते हुए नजर फेर लेते कि कहीं कोई प्रभावित हुए बिना तो नहीं रह गई। उन्हें लगता था एक दिन उनकी इस टिपटिपई से खुश होकर कोई लड़की खुद उनके पास आएगी और उनसे प्यार का इजहार करेगी।

परंतु काशी हिंदू विश्वविद्यालय की कक्षाओं में वे ऐसा सोच भी नहीं पाते थे, क्योंकि कला संकाय में छात्र-छात्राओं की एकसाथ स्नातक कक्षाएँ नहीं चलती थीं (संशोधन : कला संकाय की स्नातक कक्षाओं में 2017-2018 के सत्र से कुछ पाठ्यक्रमों में देवियों का प्रवेश हो चुका है)। सुबोध जी पहले-पहल तो प्रोफेसरों के कुछ सवालों के जवाब भी देते थे, पर थोड़े दिन बाद ही तत्वबोध हो गया कि यहाँ जब कोई कायदे का सुनने वाला ही नहीं, तो काहे इतनी मेहनत की जाए, लड़के तो वैसे ही ससुरे जलते रहते हैं।

एक बात तो बताना भूल ही गए, सुबोध जी हिंदी ऑनर्स हैं। ऑनर्स का हिंदी अनुवाद 'प्रतिष्ठा' होता है और सचमुच, यही वो एकमात्र शब्द है जिसे बोलकर वे अपनी छाती फुलाकर बंडी फाड़ देते थे।

जहाँ आजकल के लड़के खुद को आईआईटी, मेडिकल, सीए की तैयारी करने वाला बताकर मुहल्लों में चार-पाँच साल जींस फाड़कर आँख मारते चलते हैं, वहीं सुबोध जी केवल बीए बताकर जवाब में निकलने वाले शब्द बीएएएएएएए से बचने के लिए बिना देर किए ऑनर्स जोड़कर बीएचयू मेन कैंपस से बता देते थे। अगर यहाँ बनारस का बंदा रहा, तो औकात समझ जाता,

लेकिन अगर बाहरी होता, तो दो बार भौंहें तानता और मुँह छितराकर कहता बीएचयूयूयूयू और काम चलाऊ इज्जत भी बख्श देता। सचमुच दिल से एक बात बता दें, सुबोध जी को अपने बीएचयू में पढ़ने का यही गर्व था कि पूरे बनारस में कहीं भी गाड़ी लेकर पकड़े जाओ, तो बीएचयू की आईडी ही डीएल भी है और इंश्योरेंस पेपर भी। बीएचयू के नाम पर इज्जत देने वाले अंकल ऐसे ही इज्जत नहीं बख्शते थे, पूरा शुल्क लेते थे रिव्यू लिखने का! कब किस सोमवार की रात फोन कर दें- "बाबू, हम गाड़ी पकड़ लिए हैं, सुशांत शर्मा को दिखाना है (हम यानी हम लोग, मतलब पाँच से तो किसी कीमत पर कम नहीं)। सुबहे तनी जा के पर्चिया लगा देना, हम लोग गंगा जी नहाकर बाबा विश्वनाथ से भेंट करके आएँगे। और हाँ, हम लोगों के भोजन की चिंता मत करना, वहीं मंदिर के बगल में जो अन्नपूर्णा मंदिर वाला भंडारा होता है, वहीं खा लेंगे। तुम कभी खाए हो कि नहीं वहाँ? अरे! बहुत दिव्य भोजन देता है बाबू, और साफ-सफाई से। ये नहीं कि फ्री में खिला रहे, तो नाली में बिठाकर खिला दें। अरे, खूब बढ़िया से टेबल-कुर्सी पर बिठाकर खिलाता है। अच्छा, ठीक है बाबू, रखते हैं, कल आकर बात करेंगे; मोबाइल में टैरिफ खतम है, बहुत बिल उठ रहा, टाइम से भोरे चले जाना पर्चिया कटाने।"

खैर, बीए करते हुए उन्हें अपने स्कूल के दिनों की एक-दो लड़कियाँ मिल ही गई थीं, जो बीएचयू का एडमिशन फॉर्म आने के एक-दो महीने पहले से इंट्रेंस की रात तक बात करती थीं। बाकी सुबोध जी भी पूरा टैक्स वसूलते थे, एक मिनट की जानकारी के लिए 20-25 मिनट तो बात करनी ही पड़ेगी। सुबोध जी पढ़ते-पढ़ते ऊब जाते, तो कहते कि महादेव, किसके लिए इतना पढ़ा जाए, क्लास में बताने पर कौनो सुनने वाली भी तो नहीं है।

सुबोध जी पूरे छह महीने पेट-पीठ एक करके, तैयारी करके बीएचयू बीएड की इंट्रेंस परीक्षा निकाल लिए हैं और जीवन में नई उमंग भरने, ऊ का कहते हैं, किक लेने, शिक्षा संकाय, कमच्छा चले आए हैं।

सामने से इक मोड़ आया (वधू पक्ष)

बीएचयू का शिक्षा संकाय मेन कैंपस में नहीं है, उसे टीचिंग-ट्रेनिंग की सुविधा से सेंट्रल हिंदू बॉयज स्कूल के पास कमच्छा में बनाया गया है। और अगर आप पूर्व में मेन कैंपस से कोई कोर्स करके आए हैं, तो सचमुच शुरुआत के एक-दो महीने यह काला पानी ही लगेगा। यहाँ पर काला पानी में निरंतर कालिख डालते रहने वाले जेलर भी तो हैं, पानी रंगीन ही नहीं होने देते हैं, पूरा अनुशासन सिखा देंगे। खैर, मास्टर बनने आए हैं, तो सदाचार ही न सिखाया जाएगा, इश्कबाजी थोड़ी न सिखाई जाएगी।

सुबोध जी की शुरुआत बहुत 'एडवेन-चरस' रही यहाँ। जब वो आइसक्रीम की दुकान के पास वाले रास्ते से फैकल्टी में घुसने की कोशिश में थे, तो काफी उछल-कूद करनी पड़ी, चूँकि वहाँ बरसात के मौसम में कभी-कभी पानी जमा हो जाता है। जोश तो इंट्रेंस निकलने का बहुत था ही, उसी जोश में इतनी जोर लगाकर छलांग लगा दी कि पीछे आने वाली लड़की का मुँह छींटों से भर गया।

लड़की ने कहा, "एकदम बानर हो का बे ?"

"न..न..न..नहीं.. सारी, सारी !" सुबोध जी सकपकाते हुए बोले।

लड़की ने कहा, "मतलब, देह कुंभकरण और काम सलमान खान... स्साला पूरा मेकअप खराब कर दिया।"

सुबोध जी ने बोतल थमाते हुए कहा, "ये लीजिए पानी, साफ कर लीजिए।"

लड़की, "जूठा पानी तो नहीं दे रहो हो न बे ?"

सुबोध जी मिमियाते हुए, "नहीं-नहीं, हम बोतल में मुँह लगाकर नहीं पीते।"

लड़की शांत होते हुए, "अच्छा ठीक है, दो, खानदानी लगते हो, थोड़ा आगे-पीछे देखकर चला करो।"

तीन साल से लगातार एमएमवी (महिला महाविद्यालय) के हॉस्टल में कृष्ण जन्माष्टमी की झाँकी में कंस का किरदार निभाने वाली रोली सिंह, सुबोध जी के कान झनझनाकर शिक्षा संकाय में प्रवेश कर गई।

जल ही जीवन है

2016 की बरसात ने पूरे बनारस को कुछ दिनों तक तो बहुत खुश किया, फिर रुलाना शुरू कर दिया। गंगा और वरुणा ने मिलकर अपने आस-पास के इलाकों को जलमग्न कर दिया। चौकाघाट, दशाश्वमेध, परिरहवाघाट, हुकुलगंज, पैगंबरपुर, पंचकोशी क्षेत्र, सामनेघाट क्षेत्र और अनेक कालोनियाँ व गाँव जल से घिर गए। मूलभूत सुविधाओं की पूर्ति हेतु अनेक विद्यालयों, सामाजिक संस्थानों और विश्वविद्यालयों-महाविद्यालयों द्वारा बाढ़ राहत सामग्री वितरित की गई। डी.एम. ने एक से लेकर बारहवीं तक के स्कूलों की बंदी के आदेश दिए। यद्यपि सुबोध जी रोली से डरते थे, परंतु पिछले तीन दिनों से उसके न आने के कारण उसकी डाँट-फटकार, मुहावरों की कमी महसूस कर रहे थे। एक सहपाठी से पता चला कि रोली चौकाघाट क्षेत्र की रहने वाली है और उसका घर भी बाढ़ग्रस्त हो गया है।

सुबोध जी एनी बेसेंट हॉस्टल में अपने रूममेट से, "यार, इस बार बाढ़ ने तो त्रस्त ही कर दिया है।"

रूममेट, "हाँ, बहुत लोग खाने-पीने की दिक्कतों से जूझ रहे हैं।"

सुबोध जी, "क्यों न हम उनकी कुछ मदद करें।"

रूममेट, "हाँ, तुम ही तो एक गाँधी हो।"

सुबोध जी जोर देते हुए, "अरे यार, अपने कुछ साथी भी फँसे हैं वहाँ, आज हॉस्टल में मीटिंग रख सबकी राय जानते हैं।"

रूममेट, "ठीक है, अब जब तुम्हारा मन बन ही गया है, तो अभी जाकर चौकीदार से बोल देता हूँ कि टीवी वाले हॉल में सबको इकट्ठा करे, मीटिंग है।"

सभी हॉस्टलवासियों के निर्णय से यह प्रस्ताव पास हुआ और निर्णय हुआ कि रुपए इकट्ठे किए जाएँगे और किसी दिन चलकर चावल, आटा और दाल के पैकेटों का वितरण होगा।

एकत्र रुपयों से 70 किलो चावल, 70 किलो आटा और 35 किलो दाल खरीदी गई और 70 पैकेट बने, जिसमें हर पैकेट में 1-1 किलो चावल, आटा और आधा किलो दाल रखी गई। तय तिथि पर शाम 5 बजे 10-12 लड़कों के साथ सुबोध जी चौकाघाट के बाढ़ग्रस्त इलाके में गए। वहाँ इन छात्रों के प्रयास से खुश होकर एक नाव वाले ने मुफ्त में नाव की पेशकश की। सभी साथी नाव पर सवार होकर कॉलोनी की तरफ निकल पड़े।

सुबोध जी की निगाहें हर वक्त रोली को ही खोज रही थीं और सहमी भी थीं कि कहीं यहाँ भी वो शुरू न हो जाए।

अनुज इशारे से दिखाते हुए बोला, "वो लड़की कितना चिल्ला रही है?"

निखिल समझाते हुए, "हाँ, लेकिन लोगों की मदद भी तो कर रही है, उसे देखो पानी में खड़े होकर भी पसीना आ रहा है।"

अनुज- "हाँ, लोग उसकी बातों को जल्दी समझ नहीं रहे, इसलिए गुस्सा हो रही है।"

अभिनव- "अरे! वो तो रोली है।"

'रोली है' की आवाज नाव के दूसरे छोर पर खड़े सुबोध जी के कानों तक पहुँची ही थी कि नाव नीचे किसी पत्थर से टकराकर बहुत जोर से हिली और सुबोध जी छपाक से पानी में गिर गए। सुबोध जी के गिरते ही रोली ने पीछे मुड़कर देखा।

रोली जोर से हँसती हुई बोली, "का बे! तुम पानी में कूदना-फाँदना नहीं छोड़ सकते!"

सुबोध रोली की तरफ बढ़ते हुए, "अरे, नीचे एक पत्थर आ गया, तो नाव के झटके से गिर गए।"

रोली जोर देती हुई बोली, "इधर कहाँ आ रहे हो? बीच में एक गड्ढा है।"

सुबोध जी- "अरे, ये राहत सामग्री बाँटनी थी, किसी को तो नाव से नीचे पानी में उतरना ही था।"

रोली- "तो इधर का हम तोहे भिखारी दिख रहे हैं? सालभर का अनाज है हमारे घर में, चलो, दूसरी तरफ नाव घुमाओ, हम सबकी औकात जानते हैं, पहचान-पहचान कर बँटवा देंगे।"

सुबोध जी- "अरे, रहने दो, क्या परेशान होगी!"

रोली जोर से हँसती हुई बोली, "वाह रे वाह! तुम लड़के हो क्या और मैं लड़की हूँ! अपने-आप से पूछ के देखो, कौन क्या है? बड़े आए रहने दो कहने वाले।"

"ठीक है चलो।" सुबोध जी पस्त होते हुए।

आज रोली अन्य लड़कों से यह जानकर बहुत खुश हुई कि इस काम को करने की बात सुबोध जी ने ही सोची थी।

निवास स्थान से निजी वाहनों से शाम चार बजे

एनी बेसेंट हॉस्टल का परिचय केवल इतना बता देने से नहीं हो पाएगा कि यहाँ बीएड और एमएड के छात्र रहते हैं। यह संगम है सभी फैकल्टीज का, यहाँ आपको बीए, बीएससी, बीकॉम, बी.फार्मा, शास्त्री, बी.टेक, एम.ए, एम.एससी, एम.कॉम, एम.फार्मा, आचार्य, एम.टेक, पीएचडी, शादीशुदा, तलाकशुदा, घर से फरारशुदा- हर तरह के 'किशोर' मिल जाएँगे। अगर आप किसी ट्यूटर की तलाश में हैं, तो आपकी वो खोज भी यहाँ आकर पूरी हो जाएगी, बिना ऑफिस का ट्यूशन ब्यूरो है ये, हर विषय के ट्यूटर मिल जाएँगे। और अगर आप लड़की वाले हैं, तो ससम्मान कहता हूँ कि बहुत प्रतिभावान-ऊर्जावान छात्र रहते हैं यहाँ, 21 से लेकर 32, 35, 40 साल तक के। अगर आप पालने से पूत के पाँव पहचानने में सक्षम हैं तो ले जाइए, क्योंकि यहाँ से निकलने के बाद किसी भी प्रतिभावान को खरीदना कॉस्टली पड़ेगा। यहाँ के माहौल की बात भी बता दें। जानकर आश्चर्य होगा कि ऐसा हॉस्टल तो बीएचयू के मेन कैंपस में भी नहीं है। अगर बाहरी तौर पर देखा जाए, तो ध्यान भटकाने वाला कोई साधन नहीं है। हॉस्टल की दीवार से सटकर एक तरफ प्राइमरी सीएचएस है और सामने एक अखाड़ा, जिसमें कुछ गाएँ हैं और एक स्कूल भी चलता है; वहीं दूसरी तरफ रही-सही एक चार-मंजिला इमारत है, जिसे देखकर लगता है कि यह भी किसी योजना द्वारा लीज पर लोगों को दी गई है और इस इमारत के लोग भी खिड़कियों और हॉस्टल की तरफ खुलने वाले अपने-अपने दरवाजों पर बहुत कम ही आते हैं। शायद एक ही हॉस्टल को बिना हिले-डुले, वर्षों से खड़ा देख उनका भी मन भर गया है। हॉस्टल के पीछे क्या है, यह बहुतों ने बिना देखे ही अपना बीएड पूरा कर लिया, क्योंकि हॉस्टल के महान पूर्वजों की करतूतों की खुशी में हॉस्टल की छत पर जाने का चैनल हमेशा ताले की मुहब्बत में होता है। कर्मचारी से चाभी लेने का दुस्साहस इसलिए नहीं होता कि न जाने कौन आपके कंधे पर रखकर गुलेल

चला दे और आप अपना चरित्र प्रमाण-पत्र फटा हुआ पाएँ। यहाँ की सुबह भी अनजाने में ही विशिष्ट हो जाती है। आप यहाँ बिना अलार्म के ही जग सकते हैं। रूट डायवर्जन होने से लंका से कैंट जाने वाली गाड़ियों को हॉस्टल के सामने से गुजरने वाली सँकरी सड़क पर धकेल दिया जाता है और वे एक-दूसरे से आगे निकलने के प्रयास में अपने-अपने भोंपुओं का सिर पकड़ दबाते रहते हैं। यहाँ की सुबह की एक और खास बात, जो एक बार उठकर फिर से लड़कों को दोबारा सोने की वजह देती है, वह है कमरों के बाहर झाड़ू लगाने वाले भैया के गाने और सीटी की आवाज। भैया, कुमार सानू के गाने बड़े चाव से और धुन में गाते हैं और उनकी सीटी से निकलने वाली 'मोहब्बतें' फिल्म के गानों की धुन और सबसे स्पेशल तो 'तुम्हें अपना बनाने की कसम' खाने की धुन, तड़के जागने वालों को वापस सोने की कसम खिला देती है। लड़के सोते ही सपनों की दुनिया के उन दरवाजों की डोरबेल बजाने लगते हैं, जिनमें वे जीवनभर रहना चाहते हैं।

वर पक्ष (बाबू के मित्रगण)

डॉ. एनी बेसेंट हॉस्टल में सुबोध जी के दो दोस्त हैं, जो उनको बहुत प्यारे हैं। मतलब कि वे उनको गरिया सकते हैं, गुस्सा नहीं होंगे इतना मानते हैं। लेकिन सुबोध जी ने एक सीमा खींच रखी है कि माँ, मेरे पास माँ है और बहन, राखी बाँधी है यार, इनको कुछ गलत नहीं कहना है।

उनके नाम हैं अष्टावक्र और ज्योतिप्रकाश। इन नामों के पीछे भी कारण हैं। अष्टावक्र हिंदू संस्कृति में ऐसे मुनि का नाम है, जिनका शरीर आठ जगह से मुड़ा हुआ था। अब कौन ऐसे माता-पिता होंगे, जो अपने बेटे का ऐसा नाम रखना चाहेंगे! ये नाम पड़ा अष्टावक्र जी के स्वभाव के टेढ़ेपन के कारण। उनके कक्षा नौवीं के अध्यापक ने बोर्ड फॉर्म में बिना उनसे पूछे यही नाम भर दिया, कारण कि उन्होंने एक साल के भीतर-भीतर उनको स्कूल के बाहर चार बार 'देखा' था। ये अलग बात है कि इस बात से गुस्सा होकर वो चार बार और पहले से भी ज्यादा कायदे से देखे गए। ज्योतिप्रकाश तो बहुत ही मॉडर्न लड़के थे, मतलब कपड़ों के मामले में। इनके माता-पिता की लव मैरिज थी। इनके पिता का नाम प्रकाश और माता का नाम ज्योति था, जिनके प्यार के फलस्वरूप ज्योतिप्रकाश हुए। ये कहने की बात नहीं कि नाम प्रकाश से शुरू होगा या ज्योति से, इस पर बात-बहस होकर प्यार थोड़ा कम होना शुरू हो गया था।

ज्योतिप्रकाश जी की चचेरी बहन की शादी अष्टावक्र जी की एक बहुत दूर की दीदी के लड़के से हुई थी, मतलब अष्टावक्र जी के भांजे से। लेकिन भांजे साहब अष्टावक्र जी से उमर में सात बरस बड़े थे, जिससे भांजे को भी भैया ही कहना पड़ता था। छूट बस इतनी थी कि पावलग्गी नहीं करनी पड़ती थी। पर अब अष्टावक्र भी अपने भांजे को भैया बोलकर खुशी से ज्योतिप्रकाश को स्साला कहने का मौका भुना लेते थे। ये बात ज्योतिप्रकाश को जरा भी पसंद न थी, लेकिन करते भी क्या, जीजा के घर का आदमी है। जी...जा, जहाँ

'जी' को, मतलब अपने मन को कहीं और जाने को कहकर पहुँचते हैं।

अष्टावक्र ने सुबोध जी को जबरन तैयार करके ज्योतिप्रकाश के मजे लेने की एक योजना बनाई।

सुबोध जी- "तुम्हारे गाँव मेरे एक भाई की शादी हो रही ज्योति!"

ज्योतिप्रकाश भौंचक्कियाते हुए बोले, "अच्छा! कब, कहाँ, किसके यहाँ?"

"अभी तो देखो बात शुरू हुई है, कोई राम... जी कर के हैं।" सुबोध जी 'राम' शब्द पर जोर देकर रुकते हुए बोले कि आगे की योजना के कुछ क्लू मिल जाए।

ज्योति अनुमान लगाते हुए बोले, "अरे रामअचल जी क्या? या रामभरत जी?"

"हाँ-हाँ, रामअचल जी ही नाम है उनका।" सुबोध जी योजना में आगे का रास्ता मिलने की खुशी के साथ बोले।

ज्योति बेवजह खुश होते हुए, "अरे यार, वो तो मेरे ताऊ लगते हैं।"

"अच्छा, हाँ तो उनके घर ही तो..." सुबोध जी थोड़ा रुक-रुककर आगे का हिंट लेने की सोचते हुए।

"हाँ-हाँ, सुरभि दीदी की होगी, साइंस कॉलेज से एमएससी कर रही हैं।" ज्योति पूरा बायोडाटा देते हुए।

"हाँ, भैया बता रहे थे कि लड़की एमएससी कर रही है।" सुबोध जी मौका भुनाते हुए।

"अबे ससुरे ज्योति! लगता है कि तुम भर क्लास के साले ही बन जाओगे।" अष्टावक्र की एंट्री ज्योति की लगभग सारी उत्सुकता और रोमांच को खत्म करते हुए।

ज्योतिप्रकाश, अष्टावक्र की बात को काटने की कोशिश करते हुए बोले, "कब है शादी?"

अष्टावक्र मोर्चा सँभालते हुए, "अरे, गर्मी में होगी और का। अपने यहाँ तो जब सबकी छुट्टी होती है, तो दूल्हे राजा की ड्यूटी लगाई जाती है।"

ठहरने का स्थान

अष्टावक्र चिल्लाते हुए, "तुम्हरा तो भाग्य पलट गया रे सुबोधवा!"

सुबोध जी कुक्कुर माफिक लार टपकाकर मुस्काते हुए, "का हुआ, कौनो पूछ रही थी क्या मेरे बारे में?"

"ना रे पापी, तुम्हरा नाम प्री इंटर्नशिप में लड़कियों के साथ जाने के लिए आया है। तीन जगह भेजा जा रहा है- सेंट्रल हिंदू बॉयज स्कूल, सेंट्रल हिंदू गर्ल्स स्कूल और रणबीर संस्कृत विद्यालय।" अष्टावक्र एक साँस में सब बताते हुए।

सुबोध जी चमकती आँखों से देखते हुए, "अच्छा, तो का मेरा गर्ल्स में हुआ है?"

"न गुरु, रणबीर में हुआ है, बॉयज में तो केवल लड़के जाएँगे और गर्ल्स में केवल लड़कियाँ। लेकिन कुछ लड़के और लड़कियाँ साथ में रणबीर जाएँगे, सात दिन के लिए।" अष्टावक्र समाचार समाप्त करते हुए।

"पार्टी दूँगा भाई, घबरा मत।" सुबोध जी चहचहाते हुए।

"हाँ ससुरे, जला रहे हो हमें बॉयज मिला है तो।" अष्टावक्र निराश स्वर में।

ज्योतिप्रकाश अपनी नई शर्ट को तमीज से रखते हुए, "तुम दोनों कैसी वहशीपन की बात कर रहे यार!"

अष्टावक्र विलेन टाइप मुस्कान देते हुए, "तुम नहीं समझोगे रे प्यार की पैदाइश, अपने पापा से कुछ सीखते क्यों नहीं हो बे।"

सुबोध जी एकदम चमकते हुए, "इसे अब चपोतो मत, कल तुम्हारी यही नई शर्ट पहनकर जाएँगे हम।"

टची

रोली ध्यान से देखती हुई, "का डॉ. मेंढक, तुम्मो यहीए हो का!"

सुबोध जी मुँह बनाते हुए, "ये क्या कहती हो यार, हम जान-बूझ के थोड़े न कूदते हैं पानी में।"

रोली थोड़ा गंभीर होती हुई, "अब जब हम तुमको हमेशा वहीए काम करते देखते हैं तो का कहें।"

सुबोध जी नकली सहानुभूति पाने की कोशिश करते हुए, "अच्छा चलो, अब नहीं कूदेंगे यार, हाँ मुझे भी यहीं मिला है निरीक्षण करने के लिए। पर अच्छा नहीं लग रहा यहाँ थोड़ा भी, सब दोस्त सीएचएस बॉयज में हैं, न जाने क्यों मुझे ही ये दे दिया।"

रोली मुँह 125 डिग्री बनाते हुए, "अच्छा बेटा! बड़का दोस्त बन रहे हो, मालूम है हमको, कल पार्टी दिए हो हॉस्टल में, रणबीर मिलने का।"

सुबोध जी पकड़े गए चोर की तरह मिमियाते हुए, "अरे नहीं-नहीं, कौन बोला? वो तो बर्थडे का बाकी था, तो दिए थे।"

रोली बात पूरी करके ठठाकर हँसती हुई, "हाँ-हाँ, ये क्यों नहीं कह देते कि जब पैदा हुए थे, तो अपने हाथ से मिठाई नहीं बाँट पाए थे, वही फील ले रहे थे।"

वर पक्ष-2

कुछ दिनों बाद ज्योतिप्रकाश ने बताया कि रामअचल चाचा इस बार गाँव में मिले थे, लेकिन हम उनसे ये बताना भूल गए कि जिस सुबोध के यहाँ शादी हो रही है, वो मेरे साथ ही पढ़ते हैं, लेकिन उन्होंने बुलाया है शादी के एक हफ्ते पहले ही। अचानक मिले इस क्लू से अष्टावक्र बहुत खुश था, लेकिन सुबोध जी बहुत दुखी हुए कि अष्टावक्र अब इस झूठ को और आगे बढ़वाएगा।

अष्टावक्र हँसते हुए, "ज्योति अब तुम आज से ही सुबोधवा को जीजू कहना शुरू कर दो।"

ज्योति फिल्मी मोड में, "सुबोध, यार हम दोस्त हैं और हमेशा दोस्त ही रहेंगे।"

अष्टावक्र प्रोफेसर मोड में, "अरे! गजब ढाते हो, दीदी तुम्हारी सुबोधवा की भौजी लगेंगी। अब जीजू नहीं कहोगे तो गाली सुनोगे। मालूम है 'जीजू' शब्द जीजा जी को काट-छाँटकर तुम्हीं शर्मीले लोगों की सुविधा के लिए बनाया गया है। कितना छोटा शब्द तो है यार जीजू, शुरू नहीं हुआ कि खत्म, एकदम शीघ्रपतन माफिक। जल्दी में बोल दो, तो जिससे कह रहे हो उसे भी पता न चले।"

ज्योति, अष्टावक्र से सुबोध जी की ओर मुड़ते हुए, "तुम चुप रहो अष्टावक्र! यार, कल दीदी की मँगनी है पटना में, पर पापा कह रहे कि मत आओ, वो हैं न! भला ये क्या बात हुई!"

अष्टावक्र सकपकाकर सुबोध के कुछ कहने से पहले, "हाँ गुरु, सुबोधवा भी जाएगा, इसके भैया एसी टू टियर का टिकट भेजे हैं। वहाँ एक होटल में है न! कोई बात नहीं साले साहब। आपके जीजू जाएँगे न, सब फोटू ले आएँगे ये।"

सुबह का वक्त था और अष्टावक्र कहीं बाहर गए थे, तभी सुबोध जी के पास खिलखिलाते हुए ज्योति पहुँचे कि उनके पापा मान गए हैं। पटना

निकलना है अभी, तुरंत। और ये भी पूछा कि कब ट्रेन है उनकी। अष्टावक्र की अनुपस्थिति में सुबोध जी मामला सँभाल नहीं पाए, पकड़े गए और उन्होंने खुशी-खुशी सच बताकर हल्का महसूस किया।

सुबोध जी का बोझ इतना हल्का हो गया था कि वो अष्टावक्र को ये बताना ही भूल गए कि उन्होंने ज्योतिप्रकाश से सब सच-सच बक दिया है। इधर ज्योति पटना से बनारस आए, तो मँगनी की खुशी में पुरानी बातों को थोड़ा भूल-से गए थे, पर तभी अष्टावक्र आदतानुसार फिर शुरू हो गया। उसे तो सुबोध जी द्वारा बके जाने की सूचना थी नहीं, तब कुछ ऐसा हुआ जो इनकी दोस्ती में पहली बार हुआ था।

शाम में रूम में मिलने पर अष्टावक्र आदतानुसार छोड़ते-लपेटते हुए, "हम लोगों का मन नहीं लग रहा था यहाँ ज्योति तुम्हारे बिना, सुबोधवा तो ऐन वक्त पर तबियत खराब हो जाने से नहीं जा पाया। ससुरे को कंधा पर टाँगकर हेल्थ सेंटर ले गए। पता नाहीं का खा लिया था, हग-हग के कमजोर हो गया एकै दिन में। और बताओ, तुम्हारा कैसा रहा पटना में? तुम्हारी दीदी का मस्त लग रही थीं बे, हमने देखा सुबोधवा के भैया ने फेसबुक पर फोटो पोस्ट की थी। मतलब एकदम बवाल हैं बे।"

इसी बात पर ज्योतिप्रकाश ने पछताते सुबोध जी को देखा और तमतमाकर अष्टावक्र पर 7-8 चप्पलें चिपका दीं और फिर माहौल निःशब्द हो गया। ऐसा गुस्सा ज्योति को शायद पहली बार आया था।

अनुपात 3:2

बीएड की कक्षाएँ दो भागों में चलती हैं, सेक्शन ए और सेक्शन बी। दोनों ही कक्षाओं में लगभग समान लड़के-लड़कियाँ हैं। कहने का मतलब है एक लइका पर एक लइकी। असंतुलन तो वो लइके फैला देते हैं जो दू या दू से अधिक बिजनेस करने लगते हैं। और हाँ, इसमें कुछ लड़कियों का भी योगदान है, जो या तो बहुते पढ़ाकू हैं, समाज से कौनो संबंधे नहीं है या फिर जीजा के छोटके भाई, मामा के साले के लइके, नाहीं तो अगर रिश्तेदारी से बची हो तो बचपन से साथ पढ़ने वाले, पक्के वाले, पुरुषमित्र के चक्कर में गड़बड़ कर देती हैं। थोड़ा-बहुत समायोजन तो बस वही लड़कियाँ करती हैं, जो एक साथ दो लड़कों को घाट घुमा देती हैं। एक वीरांगना हैं सुप्रिया रावत जी, वे तो पहले ही दिन पीछे-पीछे घुरियाने वाले लड़के को बता देती हैं कि देखो! मेरे पहले ही तीन बॉयफ्रेंड हैं, पर मुझे यहाँ एक और बनाने में कोई दिक्कत नहीं है। अपने इस समाजसेवी होने को तर्कसंगत साबित करने के लिए कहती हैं कि देखो भाई, परीक्षा में अगर उत्तर देने के लिए मिले चार विकल्पों में से एक सही हो सकता है, तो वैसे ही चार ब्वॉयफ्रेंड रखा जाए, तो हो सकता है एक काम का निकल आए। उनकी एक शर्त होती है कि अगर आप उन्हें बाहर कहीं दूसरे वाले या तीसरे-चौथे वाले विकल्पों के साथ देखें, तो चुपचाप कल्टी मार लें, आस-पास घुमरियाएँ नहीं, न ही दूर से घूरें। धैर्य रखें और अपनी बारी का इंतजार करें। भैया लोग, उनके आशिकों में बहुत टफ कंप्टीशन रहता है, एकदम एसएससी मल्टीटास्किंग माफिक। खैर, हमारे सुबोध जी सेक्शन ए के छात्र हैं और महाभाग्य से सेक्शन ए की कक्षा से रणबीर संस्कृत विद्यालय जाने वाले वही एक मात्र लड़के हैं, बाकी तो सब सेक्शन बी के लड़के हैं और शेष 3:2 के अनुपात में लड़कियाँ ही हैं। सुबोध जी के लिए खास बात यही है कि रोली भी वहीं है। वैसे तो रणबीर संस्कृत विद्यालय भेजे जाने का उद्देश्य बहुत ही नेक है, भले ही सुबोध जी भूल गए हों। बीएड द्वितीय वर्ष में प्रैक्टिस टीचिंग के लिए इन लोगों को रणबीर में ही भेजा जाना है, इसलिए इस साल एक सप्ताह उस विद्यालय के शैक्षिक, भौतिक, आध्यात्मिक वातावरण को जानने के लिए भेजा गया है।

हैप्पी बर्थडे

रोली, सुबोध जी से, "हैप्पी बर्थडे मेंढक!"

सुबोध जी, "अरे यार, कम-से-कम आज तो इज्जत दे दो।"

"गजब बात करते हैं चौबे जी, आज आपका जन्मदिन है तो ठीक है, अच्छी बात है, लेकिन हम आपको अपनी इज्जत क्यों दे दें?" रोली हँसती हुई

सुबोध जी घबराते हुए, "पगला जाऊँगा मैं।"

रोली खिलखिलाकर हँसती हुई, "नहीं, पगला क्या जाओगे! हाँ, बोलो चांस मार रहे थे, अभी बताते हैं सबसे कि चौबे जी मेरी इज्जत लेना चाह रहे थे।"

सुबोध जी रुआँसे होकर, "अरे, तुम्हारा भाई-भतीजा है कि नहीं, मेरी इज्जत तो न लो।"

रोली- "अरे, कभी अखबार में पढ़ा है कि इतनी लड़कियों ने मिलकर एक लड़के की इज्जत लूटी! आश्वस्त रहिए चौबे जी, यह सब स्साले लड़कों का काम है।"

सुबोध जी लगभग रोते हुए, "जन्मदिन है आज मेरा, मेरी माँ।"

"हैप्पी बर्थडे मेरे इज्जतदार दोस्त।" रोली गर्मजोशी से सुबोध जी को गले लगाकर कसकर उनके कानों में।

सुबोध जी- "थैंकयू यार, थैंकयू वेरी मच!"

रोली- "अरे शेक्सपियर की औलाद! धन्यवाद बोलने में क्या दिक्कत हो रही, फिल्मों जैसे तुम्हारी भी दिल की बात अँग्रेजी में ही निकलती है क्या?"

"यार! सब लोग देख लेंगे, छोड़ो न।" सुबोध जी, रोली की बाँहों में फँसे-फँसे।

"हा..हा..हा..हा.. जाओ-जाओ, गगरी में छुपाकर अपनी इज्जत बंद कर लो। मतलब देखो, लड़की गले लगाई है और शरम इनको आ रही है, बहुत शरमाते हो यार।" रोली, सुबोध जी को अपने से दूर ढकेलती हुई।

चपक होंठलाली

अष्टावक्र अँगड़ाई लेते हुए, "सेमेस्टर एग्जाम का टाइम-टेबल आ गया गुरु।"

ज्योतिप्रकाश घबराते हुए, "कब आया, कब आया?"

सुबोध जी हँसते हुए, "इसमें कौन-सी बड़ी बात है, क्यों चकचका रहे हो, कबो हो, क्या फर्क पड़ता है?"

ज्योतिप्रकाश- "हाँ-हाँ, तुम लोग का तो सब तैयार है, हमारा क्या होगा और मेरे कंप्टीशन वाले एग्जाम भी हैं इधर।"

अष्टावक्र, सुबोध जी की तरफ देखकर आँख मारते हुए, "अच्छा बेटा! बहुत कंप्टीशन की तैयारी कर रहे हो आजकल, क्लास में सबसे पीछे बैठ जाते हो आंटिया को चाँप के।"

ज्योतिप्रकाश- "अरे कमबख्तों, उनसे तो किसी का नाम न जोड़ो, वो तो शादीशुदा हैं।"

अष्टावक्र मुस्कुराते हुए, "अच्छा बेटा! सब समझ रहे हैं, सेफ गेम खेल रहे हो न। वो अभी नहीं पटने वाली है। दू साल हुआ है बस उसके बियाह को और उसका पति अंतर्भत्सना डॉट कॉम की कहानी वाला, अक्सर बिजनेस के सिलसिले में बाहर रहने वाला नहीं है। बेरोजगार है बेचारा, दिन-रात फ्रस्ट्रेशन निकालता होगा।"

सुबोध जी, ज्योतिप्रकाश को चिढ़ाते हुए, "काहे होपलेस कर रहे हो बे अष्टावक्र! हो सकता है ऊपरवाला मेहरबान हो और वो कहीं वैद्य रहमानी का रेगुलर मरीज हो।"

ज्योतिप्रकाश हल्के गुस्से में, "भागो यहाँ से, हम जाकर खुद पता कर लेते हैं, तुम लोगों से नहीं जानना।"

सुबोध जी थोड़ा गंभीर होते हुए, "हम लोग तुम्हारे दुश्मन थोड़ी न हैं यार कि नहीं बताएँगे, वो तो थोड़ा मजाक कर रहे थे। 20 नवंबर से पहला पेपर है।"

अष्टावक्र चिढ़ते हुए, "जाने दे रे सुबोधवा, जाने दे, आंटिया अपने चपक होंठलाली वाले मुँह से बताएगी तो मानेगा।"

ज्योतिप्रकाश सामान्य होते हुए, "ठीक है यार, नहीं जाते, पर तुम लोग किसी का तो सम्मान किया करो।"

राहत चाचा

रोली, राहत अमन पर चिल्लाती हुई, "मेरे पापा क्यों बनना चाहते हो, राहत चाचा?"

राहत अमन, रोली से घबराकर, "कैसी बात कर रही हो यार, मैं भी तुम्हारे साथ ही पढ़ता हूँ, तुम्हारी क्लास में साथ बैठकर, यहाँ कोई सीनियर-जूनियर नहीं है।"

रोली, राहत से, "अरे! पहले तो चाचा तुम हमसे 7 साल पहले ग्रेजुएशन किए हो और अब कहते हो कि सीनियर नहीं हो। क्लासमेट कैसे मान लें? कोई काम करते हो क्या वैसा? हमेशा तो निर्देश ही देते रहते हो।"

राहत अमन, रोली से, "मैंने तुम्हारे जैसे ग्रेजुएशन के तुरंत बाद बीएड नहीं किया, तो कोई पाप किया क्या?"

रोली मुस्कुराती हुई, "हाँ-हाँ, प्रोफेसर बनने की धुन जो चढ़ी थी, कोई बैकअप प्लान तो रखे नहीं थे, यह तो होना ही था।"

राहत अमन पूरी क्लास के इकट्ठा हो जाने पर सकुचाते हुए, "तुम सभी से अभद्रता से बोलती हो, तो थोड़ा समझा नहीं सकते हैं क्या?"

रोली लगभग चिल्लाती हुई, "ना...ह... एकदम नहीं समझा सकते हो, तुम कोई पप्पा हो क्या मेरे... और यह बताओ, तुम कौन होते हो भद्रता-अभद्रता का सर्टिफिकेट बाँटने वाले? दूसरे तो कुछ नहीं कहते।"

राहत अमन सबकी तरफ देखकर सपोर्ट हासिल करने की कोशिश करते हुए, "सब डरते हैं तुमसे, बुरा तो सबको लगता है, समझी।"

रोली हँसकर सबको देखती हुई, "गजब बात करते हो चाचा! हम का सफेद सड़िया वाली डायन हैं... और बताओ जी तुम लोग, कौन-कौन डरता है मुझसे?"

राहत, सुबोध जी की तरफ देखते हुए, "ऐसे थोड़ी न कोई बोलेगा, सुबोध, तुम बताओ, तुमको अच्छा लगता है क्या इसका व्यवहार?"

अष्टावक्र, ज्योतिप्रकाश के कान में फुसफुसाकर खिलखिलाते हुए, "हरे ज्योतिप्रकाशवा, ये तो अमनवा आज अपनी बेइज्जती करवाकर ही रहेगा। देखो, आशिक महाराज से ही पूछ लिया कि तुमको अपनी डार्लिंग की बोली अच्छी लगती है कि नहीं।"

रोली की आँखों में डरकर देखते हुए सुबोध जी, राहत अमन से, "ह..ह.. हमको क्यों बुरा लगेगा यार, सबका अपना-अपना बोलने का तरीका होता है।"

रोली जोर से हँसकर सुबोध जी को आँख मारती है, "चलो भागो चाचा, तुमसे न हो पाएगा। कोई मुझे खराब नहीं बोलेगा।"

हम यहाँ हैं

ज्योतिप्रकाश- "पेपर खत्म होने के बाद क्या-क्या प्लान हैं तुम लोगों के?"

अष्टावक्र- "प्लान-वान नहीं है कौनो, दिसंबर की चार-पाँच तारीख तक पेपर खत्म हो रहा है और उधर गाँव में गेहूँ की दूसरी सिंचाई का वक्त आ गया है। बाबूजी फोन किए रहे, जाना होगा। सुबोधवा का कोई प्लान हो तो हो।"

सुबोध जी- "कुछ खास नहीं, हम भी घर जाएँगे, ज्यादा दिन हो गया है। दीपावली के बाद से नहीं गए। हाँ, लेकिन पेपर खत्म होने के सात-आठ दिन बाद ही जाएँगे।"

ज्योतिप्रकाश- "सही है सुबोध, तुम रुकोगे तो हम भी कुछ दिन रुक ही जाएँगे। दस को पेपर है, IBPS का बैंकवाला। उसे देकर हम भी निकल लेंगे।"

अष्टावक्र- "तुम इसके चक्कर में न रहो रे ज्योतिप्रकाश! एको मिनट रुकेगा थोड़ी न तुम्हारे साथ। रोली मैडम का अभी कितना काम बाकी होगा, यह उसी चक्कर में रुक रहा है।"

सुबोध जी- "तुम्हारा नाम अष्टावक्र सही रखा गया है, पर दिमाग तुम्हारा आठ ही नहीं, दस-बारह ठो है, खूब सोचते हो।"

अष्टावक्र- "अरे! तो हम गलत क्या कह रहे हैं इसमें? अच्छा, तुम ही बताओ क्यों रुक रहे?"

सुबोध जी- "अरे, कोई बात नहीं है, बस थोड़ा घूमेंगे, किताब सब पढ़ेंगे।"

अष्टावक्र- "ठीक है, तब अगर उसके साथ घूमते देख लिए तो टँगरी तोड़ देंगे।"

सुबोध जी- "इसका का मतलब, अभी वह कही थोड़ी न है, रुकने का बताएँगे तो हो सकता है बुला ले साथ घूमने को।"

सुबोध जी को हल्का-हल्का मारते हुए अष्टावक्र, "देख ज्योतिप्रकाश! अब आया ऊँट पहाड़ के नीचे, गमछा ओढ़ाओ अब इसके कपार पर।"

रोली लव्स सुबोध

राहत अमन, सुबोध जी से, "आज मोबाइल में सब अँखिया घुसा-घुसाकर क्या देख रहे हैं?"

सुबोध जी अनमने ढंग से, "अरे! हम क्या जानें, तुम ही देख लो, किसी को पाप से डर थोड़ी न है।"

अष्टावक्र दोनों के पास पहुँचते हुए, "अरे, काहे इस पर झल्ला रहे हो, कल ई नहीं आया था।"

राहत अमन- "कुछ हुआ था क्या कल?"

अष्टावक्र राहत अमन से, "अरे, कोई ब्लैकबोर्ड पर लिख दिया था- रोली लव्स सुबोध।"

राहत अमन क्रमशः गुस्सा, गंभीरता और अंत में कुटिल-सी मुस्कान दिखाते हुए, "अरे बाप रे! कौन मूरख था ऊ? चलो जाने दो, फिर सही ही तो है।"

सुबोध जी गुर्राते हुए, "कह रहे थे न रे अष्टावक्र, इसने भी व्हॉट्सएप्प पर ब्लैकबोर्ड का फोटो देखा है। बस पंचर टायर में थूक लगाकर चेक कर रहा है स्साला।"

राहत अमन शर्ट के बटन में हाथ डालकर छाती के बाल खुजाते हुए, "अबे, खुद लिखकर काहे इतना साधु बन रहे हो और किसी को क्या जरूरत है तुम्हरी उस झगड़ालू मेहररुआ का नाम लिखने का।"

रोली गंभीर मुद्रा में राहत अमन को घूरती हुई, "हाँ पापा, हम सुबोध की मेहररुआ बन गए, तुम ही तो कन्यादान दिए थे। कितना मरवा-मरवाकर हमारी शादी के लिए रुपया इकट्ठा किए थे बापू!"

राहत अमन पीछा छुड़ाकर भागते हुए, "देखो रोली, मैं हाथ जोड़कर माफी माँगता हूँ। अगर मैंने कुछ अंटशंट कहा हो, तो प्लीज मुझे माफ कर दो, मुझे मत घसीटो अपने साथ।"

रोली, अष्टावक्र से, सुबोध जी को समझाती हुई, "तुम काहे इतना टेंशन ले रहे हो मेरे मेंढक, तुमने नहीं लिखा, हम जानते हैं न... और फिर अगर तुम लिखते भी तो क्या हम तुम्हें खा जाते! समझाओ अष्टावक्र इसे, सुबह से हमसे ऐसे भाग रहा, जैसे मैंने इसे कोठे पर लाकर बिठा दिया हो।"

अष्टावक्र सुबोध जी से, "अबे सुबोधवा, एकदम बिना कुंडी का किवाड़ हो का बे, कोई खोल देता है और तुम खुल जाते हो। जब रोली को लड़की होकर दिक्कत नहीं है, तो तुम काहे पेन्हा रहे हो?"

रस्म फिलिमदेखाई

लड़कों की छात्रावास संबंधी समस्याओं का आज घड़ा फूट गया। 40-50 लड़के फैकल्टी के मेन गेट पर ताला जड़कर अनशन पर बैठ गए। सुबोध जी अपनी कक्षा के समय से आधा घंटा देर से पहुँचे। आज पहली बार उन्हें ऐसा लग रहा था कि अनशन-हड़ताल बुरी बात है, क्योंकि किसी ने बताया कि सब लड़कियाँ अनशन देखकर गेट से ही लौट गई हैं, तो उन्हें लगा रोली भी वापस हो गई होगी। कंधे पर किसी के द्वारा पीछे से हाथ रखे जाने पर चौंकते हुए सुबोध जी ने हाथ हटाने की कोशिश की, तो देखा कि यह तो बड़े नाखून और नेलपॉलिश वाला, महकता, बिना मैल वाला, साफ-सुथरा हाथ है। उनकी छठी इंद्री तुरंत सक्रिय हुई और सुबोध जी से सटकर ठीक सामने खड़े राहत अमन की आँखों का स्क्रीन साइज एक्स्ट्रा लार्ज हो गया।

रोली, सुबोध जी को सेनापति बनाती हुई, "कैसा अनशन करवा रहे हो मेंढक!"

सुबोध जी स्पष्टीकरण देने की मुद्रा में, "हम कहाँ करवा रहे यार, ये लोग पता नहीं क्यों पढ़ाई-लिखाई छोड़कर फालतू की नेतागीरी कर रहे हैं।"

तभी एक लड़की का उद्घोष हुआ- "हमसे जो टकराएगा..." तो प्रतिउत्तर में सभी अनशनधारी जाग गए और गगनभेदी उच्चार हुआ- "...चूर-चूर हो जाएगा" और फिर दुबारा भी- "हमसे जो टकराएगा, चूर-चूर हो जाएगा"।

सुबोध जी अभिभावक की मुद्रा में चिंता व्यक्त करते हुए, "क्या कर रही यार रोली! सब प्रोफेसर तुम्हें घूर रहे हैं।"

रोली व्यंग्यात्मक मुस्कान के साथ, "कुछ नाहीं, तनिक मजा ले रहे थे बस, तो का कह रहे थे तुम कि यह सब गलत हो रहा। अरे, मिथुन चक्रवर्ती के फिलिम की हीरोइने हो का, जो बिना बलात्कार के नहीं मानोगे। अरे, छूने से पहले हाथ काटना जरूरी होता है, का पता अगर विलेन छू दे और बाइचांस मजा आ जाए, तब तो वो भी साथ देने लगे, फिर पिक्चर की स्टोरी का क्या

होगा?"

सुबोध जी पढ़वइया का पोंछ बनते हुए, "अरे, तो पढ़ाई डिस्टर्ब करके क्यों?"

रोली, सुबोध जी का हाथ पकड़कर बिठाती हुई, "पढ़ाई गई तेल लेने मेंढक! हम तुमको ज्यादा कुछ नहीं कहेंगे, का जाने किस बात पर मुँह फुला लो। चलो, अब बैठो मेरे साथ, सबसे आगे, अनशन का मजा लेते हैं, रोज-रोज थोड़ी न होता है।"

सुबोध जी, रोली के हाथों में फँसे अपने हाथों को निकालते हुए, "आज तो अब लगता है क्लास नहीं चलेगी!"

रोली, सुबोध जी को आँख मारती हुई बोली, "अरे क्लास काहे चलेगी, इन मेहनतकश अनशन वालों को आराम का मौका नहीं दोगे का, हाँ, मगर तुम चाहो तो रोली फिलिम देखने चल सकती है।"

सुबोध जी खुशी से पगलाकर एक ही साँस में इतना कुछ बोल गए "फिल्लम! वाह चलो-चलो, चलते हैं। कितना बज रहा है? किस वाले हॉल में चला जाए? कितने बजे से शो होगा? कौन-सी मूवी चल रही है आजकल?"

रोली सांत्वना पुरस्कार देने की मुद्रा में, "अरे! ई पैसेंजरवा, बुलेट ट्रेन कैसे हो गई? अरे चलेंगे, देखेंगे कौन-कौन सी फिलिम लगी है, फिर अपना टिकट लेकर देख लेंगे।"

सुबोध जी लगभग उठने की मुद्रा में, "अच्छा, तो ठीक है, मैं जल्दी से हॉस्टल जाकर अपना बैग रख देता हूँ; बहुत कॉपी-किताब लेते आया हूँ आज, कहाँ-कहाँ लेकर घूमेंगे।"

रोली हँसती हुई, "बैगवे न है, कौनों 8 महीना 10 दिन का लड़का थोड़ी न है पीठ पे, कि बोझ-बोझ कर रहे हो।"

सुबोध जी भोलेपन से, "क्या यार, तुम भी न! जाने दो, बहुत जल्दी आ जाऊँगा।"

रोली आराम से बैठती हुई, "अच्छा जाओ, वरना कहीं ब्लीडिंग न चालू हो जाए, एकदम पेट्रोल लगा कुक्कुर माफिक भागते हुए जाओ और चोरों माफिक भागते हुए आओ।"

मामला यहाँ बैग रखने का नहीं था। बात इतनी-सी थी या फिर कहें कि

जितनी भी थी यही थी कि सुबोध जी की पॉकेट में पैंतीस रुपए ही नकद थे। सुबोध जी अपनी पहली फिलिमदेखाई की बोहनी खराब नहीं करना चाहते थे। जल्दी वापस आने के लिए उन्होंने सोचा कि निखिल की साइकिल ले लेते हैं। सुबोध जी अमूमन पैदल ही चलना पसंद करते थे। सुबोध जी बताते थे कि अगर मोटरसाइकिल की औकात नहीं, तो पैदल चलना ही ठीक है, क्योंकि साइकिल बेचारगी ला देती है। (उनका ये बयान पाँच हजार से नीचे और चौबीस इंच वाली, खड़े सीट वाली, बिना मडगार्ड वाली साइकिलों के लिए है)

सुबोध जी धीमे स्वर में, "निखिल यार, साइकिल दे दो जरा अपनी।"

निखिल ऊँचे आंदोलन के ही सुर में, "जरा नहीं पूरी ले लो, पर किसलिए? कहाँ जाना है?"

सुबोध जी- "हॉस्टल जाना है यार।"

निखिल और भी ऊँचे स्वर में आगे-पीछे के लड़कों को अपनी मजदूरी की कीमत बताते हुए, "क्या करने हॉस्टल जाना है तुमको? हम लोग क्या पागल हैं जो यहाँ सबके लिए आंदोलन करें और तुम हॉस्टल जाकर कमरा बंद करके हाथ हिलाओ।"

निखिल से धीरे-धीरे बोलने की प्रार्थना करते हुए सुबोध जी- "अरे ठीक है यार, मत दो, काहे इतना चिल्ला रहे हो?"

सुबोध जी ने इस घटना को भूलते हुए पैदल ही हॉस्टल जाने का निर्णय ले लिया। उन्होंने अपना बीए वाला गणित लगाया- वैसे तो धीरे-धीरे चलने पर हॉस्टल जाने में दस मिनट लगते हैं, अगर थोड़ा तेज चलूँगा और थोड़ा जहाँ कोई न देखे वहाँ दौड़ लूँगा, तो छह-सात मिनट में पहुँच जाऊँगा। इसी बीच उन्होंने देखा कि निखिल कई लड़कों को उनके हॉस्टल जाने की बात बता रहा है और पीछे रोली मुस्कुराती हुई सुबोध जी को "बहुत भोला लड़का है" वाली नजरों से देख रही है।

रोली, निखिल को जोर से डाँटते हुए, "अबे निखिलवा, अगर उसको पैखाना लगा हो तो का उसे जबरदस्ती यहाँ मरने बैठाओगे?"

निखिल अचानक 'चोक' मोड में आते हुए, "क्या कह रही हो रोली?"

"हाँ भाई! मैं तो परेशान हो गई थी, धीरे-धीरे मगर सड़ी बदबू वाला पाद

मार रहा था।" रोली सुबोध जी की इज्जत बचाने के चक्कर में फजीहत करती हुई।

उधर सुबोध जी शरम से पानी-पानी होते हुए घास-पात सोचते-सोचते तेज कदमों से हॉस्टल जा रहे थे। निखिल की बात सोचकर परेशान भी हो रहे थे कि रोली क्या सोचेगी कि मैं कितना उतावला हो रहा हूँ साथ फिल्म देखने के लिए। उन्हें क्या मालूम उसी उतावलेपन ने रोली को उनसे जोड़े रखा था। सुबोध जी ने हॉस्टल जाकर पुराने बैगों और किताबों में रखे अपने रुपयों को जोड़ा और छह हजार रुपए हो जाने के बाद भी परेशान थे कि इतने में हो पाएगा कि नहीं। उन्होंने बिना पूछे ज्योतिप्रकाश का एटीएम कार्ड उठा लिया कि जरूरत पड़ी, तो फोन करके पिन पूछ लेंगे। फैकल्टी जाने के लिए वे नए सिरे से तैयार हुए, नाक को उँगली डाल-डाल कर अच्छे से साफ किया, क्योंकि तीन-चार दिनों की सर्दी ने एक-दो बार सबके सामने उनका पलीदा कर दिया था। कान की किनारों पर लगी धूल को साफ किया, फिर एक सूती कपड़े को पानी में भिगो के अपने गाल, गर्दन व हाथ की उँगलियों के किनारों को रगड़ा। उनके एक बैंकॉक वाले भैया ने उनके लिए एक परफ्यूम लाया था, जिसे उन्होंने अंदर-बाहर व नसों पर लगाया, कल का प्रेस हुआ कपड़ा लाइट न होने के कारण हाथों से ही दुबारा प्रेस कर पहना और निकल पड़े।

रोली अनशन से उठती हुई, "का गुरु, गए तो थे तुम पेट्रोल लगे कुकुरे माफिक, पर आने में कछुआ काहे बन गए।"

सुबोध जी- "अरे...!"

रोली, सुबोध जी की बात को बीच में ही काटती हुई, "चलो, अब हर बार स्पष्टीकरण देने की जरूरत नहीं।

सुबोध जी चेहरे पर परेशानी का मेकअप लगाते हुए, "टिकट के लिए तो बहुत बड़ी लाइन लगी है यार!"

रोली फिल्म विशेषज्ञ माफिक, "जब शुक्रवार को फर्स्ट डे-फर्स्ट शो आओगे और वो भी सलमान खान की फिल्म, तो भीड़ नहीं होगी तो क्या होगा?"

सुबोध जी अपने कंधों पर जिम्मेवारी का पिट्‌ठू बैग टाँगते हुए, "यहीं रुको! मैं टिकट लाता हूँ।"

रोली, सुबोध जी का हाथ पकड़कर अंदर ले जाती हुई, "चलो अंदर! टिकट मैंने वहीं अनशन में बैठे-बैठे ही ऑनलाइन बुक कर लिया था।"

सुबोध जी कंधे पर टँगे जिम्मेदारी के बस्ते के अचानक गिर जाने से चौंकते हुए, "अरे!"

सुबोध जी आज सभी चीजों के लिए अपने रुपए खर्च करना चाहते थे। वे रोली द्वारा टिकट बुक किए जाने की बात से थोड़े विस्मित हुए, पर सोचा कि चलो अभी तो शुरुआत है, आगे मैं खर्च कर दूँगा। और फिर वे रोली द्वारा हाथ पकड़े जाने को अंदर तक महसूस कर रहे थे। अब वो यही सोच रहे थे कि उन्हें अपना बैग लाना चाहिए था जिसे वे आगे लटकाकर आराम से चल सकते।

बहुत अच्छी लड़की है जी, उस टाइप की नहीं है

अष्टावक्र अपने रूम में पहुँचे और बंद दरवाजों में हस्तक्षेप करने की अपनी आदत के अनुसार खिड़कियों को खोलने के लिए आगे बढ़े। तभी एक सुगंध उनकी नाक के बालों से होते हुए उनके मस्तिष्क में गई और उनका दिमाग बजबजा गया। लपककर उन्होंने सब खिड़कियाँ खोलीं, तब जाकर कमरे का माहौल कुछ सामान्य हुआ; और तभी दरवाजे पर किसी की आहट हुई।

अष्टावक्र तकिए को दीवार के सहारे लगाकर अपने बिस्तर पर लेटते हुए, "का बे सुबोधवा! मिलने गए थे का रोली से, पूरा परफ्यूम की शीशी गिरा दिए हो कमरा में।"

सुबोध जी कपड़े बदलते हुए, "हाँ, हम फिल्म देखने गए थे।"

"हम! हम मतलब का बे? और ई का, लेडीस परफ्यूम भी महक रहा है, कितना चिपके थे बे?" अष्टावक्र डिटेक्टिव करन बनते हुए।

सुबोध जी निर्दोष मुलजिम बनते हुए, "देखो, ऐसा कुछ नहीं था, तुम तो जानते ही हो, मैं उसके सामने खड़ा तक नहीं हो पाता, चिपकूँगा कैसे!"

"अरे, तुम नहीं न छूते हो, उसे कौन रोक सकता है; अच्छा हुआ काका, कितना रुपया बिलवाकर आए हो?" अष्टावक्र हिसाब लेते हुए।

"यार, ऐसी लड़की नहीं है रोली, मेरे बस तीन सौ ही खर्च हुए।" सुबोध जी रोली को चालाक लड़की के केस से जमानत दिलवाते हुए।

अष्टावक्र, सुबोध जी पर गौरवान्वित होते हुए, "बड़ा हिसाब से बिलवाए हो बे! हमको लगा कि अब दो-तीन हफ्ता बाहर का नाश्ता-पानी बंद।"

सुबोध जी डिटेल में विवरण देते हुए, "उसने ही टिकट बुक किया था, टिकट के ही कॉबो ऑफर में पॉपकॉर्न और कोक भी था; फिर न जाने कब फिल्म देखते-देखते ही पिज्जा का भी ऑनलाइन पे कर दिया था। मैं तो अपने पूरे महीने का जेबखर्च लेते गया था, पर मुझे तो बस आइसक्रीम पर ही खर्च

करने का मौका मिला। यार, लड़की तो बहुत दिलदार है... और हाँ, रोली के लिए तो मैं फिर भी पूरे महीने का जेबखर्च गँवा सकता हूँ।"

अष्टावक्र रिजल्ट सुनाते हुए, "सच ही कहा है किसी ने, रुपए से ज्यादा इंप्रेसिव कुछ नहीं है।"

सुबोध जी वापस वर्तमान में आते हुए, "धरने का कुछ फायदा हुआ कि नहीं, बहरों के कान पर जूँ रेंगी?"

अष्टावक्र- "जूँ की बात कर रहा है, पूरा गेहुँअन साँप रेंग गया बे। सब लोग हॉस्टल आए थे, मैडम जी लोग भी।"

सुबोध जी- "मतलब खाना-पानी सही हो जाएगा अब!"

"सही! चौचक हो जाएगा बे, वार्डेन सर परमिशन दिए हैं कि मेस महाराज प्रेम से न माने तो मन भर पेल दो; बाकी सब वो सँभाल लेंगे।" अष्टावक्र अंतिम शब्द कहकर मुस्कुराते हुए।

ज्योतिप्रकाश एंट्री लेते हुए, "कहाँ गए थे मेरे मजनू भाई?"

अष्टावक्र पहली बार इज्जत बख्शने वाली मुस्कान के साथ, "अरे, अपने मजनू भाई गए थे अपनी पहली फिलिमदेखाई पर।"

"ऐ सुबोध! आज हम देखे कि ज्योतिप्रकाशवा भी एगो लइकी से बहुत बतिया रहा था और ऊहो इसपे चढ़-चढ़ के बतिया रही थी।" अष्टावक्र रहस्य का पर्दाफाश करते हुए।

और इसी बात पर अदालत लग गई। जज की नौकरी सुबोध जी को मिली, वादी के वकील हुए अष्टावक्र तथा मुलजिम की वैकेंसी में ज्योतिप्रकाश जबरदस्ती भरे गए तथा मुख्य शोरगुलकर्ता पक्ष के 'वकील की कुर्सी' केस जनता में न खुल जाए इसलिए खाली ही रखी गई।

सुबोध जी आज अपने फुल रोली मोड में, "तो बताया जाए कि ज्योतिप्रकाश ने क्या बातें कीं?"

ज्योतिप्रकाश अपना वकील बनके खुद ही पक्ष रखते हुए, "अरे गजब गलादबई है, उहो गणित शिक्षण पढ़ती है और मैं भी। बस, पढ़ाई की बातें हो रही थीं।"

अष्टावक्र रिवर्स फायर करते हुए, "अच्छा बेटा, पढ़ाई की बात हो रही थी, तो ये बताओ, वह किस बात पर कह रही थी कि तुम काफी शर्मीले हो?"

ज्योतिप्रकाश फिर अपनी चोंच खोलते हुए, "तुमने सुना था! अरे वह बोल रही थी कि मैं क्लास में किसी लड़की से बात क्यों नहीं करता।"

अष्टावक्र मुँह टेढ़ा-मेढ़ा करते हुए, "अरे काहे नहीं करते, आंटिया से बतियाते नहीं हो। हर वक्त चापे रहते हो।"

"अरे यार, आंटिया लड़की थोड़ी न है, वो तो मेहरारू है। हाँ, तो बोलो और क्या कहा उसने कि अब शरम छोड़ो और बेशरम हो जाओ?" सुबोध जी माहौल गनगनाते हुए।

"इसमें बेशरम होने की बात कहाँ से आ गई, वो तो बस हल्की-फुल्की बात करने के लिए कह रही थी।" ज्योतिप्रकाश फिर ढाल लेते हुए।

अष्टावक्र, सुबोध जी की ओर देखकर मुस्कुराते हुए, "हाँ, तो अब वक्त आ गया है कि ज्योतिप्रकाश बेशर्मी की हदें पार करें।"

"इनको क्लास वर्क दिया जाता है कि हर दिन एक घंटा दीक्षा राय से बात करेंगे।" सुबोध जी आदेश सुनाकर सभा तोड़ने के उद्‌देश्य से पानी की खाली बोतल उठाकर वाटर कूलर की तरफ जाते हुए।

आओ खेलें घाट-घाट

रोली ने आज सुबोध जी को अपनी ही डेस्क पर बैठने का आदेश दे दिया है। रोली कक्षा में लड़कियों की आखिरी पंक्ति में अकेली बैठती थी और प्रोफेसरों, लड़के-लड़कियों को चिढ़ाने वाली कुछ-न-कुछ हरकतें करती या तरह-तरह की आवाजें निकालती रहती थी। रोली के निरंकुश शासन का आलम यह था कि प्रोफेसर के जाते ही रोली के ठीक आगे वाली डेस्क की पाँचों लड़कियाँ उसकी तरफ मुड़ जातीं और बातें करतीं। बातें करने का मतलब कि सिर्फ रोली की सुनतीं और थोड़ी-थोड़ी देर पर हाँ-न, हाँ-न, अच्छा!, आआआआ!, सही में!, बिल्कुल सही बोल रही, हाँ मैंने भी देखा, आदि हवन के स्वाहा जैसे बोलती रहती थीं। सुबोध जी खुश तो थे, परंतु असहज भी कम न थे। रोली के हर कमेंट, टीका-टिप्पणी के बाद उसे समझाते कि प्रोफेसरों से मजाक नहीं करना चाहिए, वे सबके चेहरे पहचानते हैं, नंबर काट लेते हैं सब। पर रोली कहाँ गोल्ड मेडल लेने आई थी! एक दफा तो उसने पहली डेस्क पर बैठे राहत अमन को चॉक के टुकड़े से निशाना भी लगा दिया था। और भई, इसका वाजिब कारण भी था। राहत अमन जी अक्सर अपनी प्रॉब्लम का सलूशन ढूँढ़ने के लिए घंटी लगने के 15-15 मिनट बाद तक प्रोफेसर्स को रोक लेते थे।

रोली प्रोफेसर साहब के जाने के बाद सामने की डेस्क की पाँचों लड़कियों से, "केतना बड़का कुत्ता है रे अमनवा, हमेशा जीभ बाहर ही रहती है उसकी।"

पाँचों लड़कियाँ ने कहा, "हाँ, हुँ, हाँ यार, सही कह रही हो।"

सुबोध जी लड़कियों के बीच में अपनी उपस्थिति दर्ज कराते हुए, "क्या यार, तुम सब तो राहत अमन के पीछे पड़ गई हो।"

पाँचों लड़कियों की ओर देखती हुई रोली, सुबोध जी से, "हाँ-हाँ, बड़ा राहत अमन के वकील बन रहे हो, उस दिन उसने क्या कहा था भूल गए! तब तो मुँह फुलाकर बड़ापाव कर लिए थे।"

सुबोध जी, राहुल द्रविड़ या फिर कहें कि चेतेश्वर पुजारा मोड में, "अरे, हम कहाँ उसका पक्ष ले रहे! हम कह रहे कि खराब आदमी की बात करके क्यों अपनी तबियत बिगाड़ रही हो तुम लोग।"

पाँचों लड़कियों में से एक लड़की, "हाँ यार रोली, छोड़ो ससुरे को, कल संडे है, आओ सब लोग अस्सी चलते हैं।"

राहत अमन जी का अचानक प्रवेश, "कहाँ जाने की बात हो रही है भाई? हमसे भी तो कोई पूछे, हम भी इसी कक्षा के विद्यार्थी हैं।"

"अस्सी जाने की बातें हो रहीं पप्पा, लेकिन बस लड़कियाँ जाएँगी, लड़के नहीं। वैसे भी कौन लड़की पप्पा जी के साथ घाट जाना चाहेगी हो।" रोली, राहत अमन की बात का घूँसे जैसा जवाब देती हुई।

राहत अमन ने रोली के इस जवाब के बाद महफिल में एक शब्द नहीं बोला, बस उनका प्लान सुनते रहे। रविवार की शाम ठीक 5:20 पर जब पाँचों लड़कियाँ घाट पहुँचीं, तो राहत अमन जी शिकायत करने लगे- "तुम लोगों ने तो पाँच बजे आने की बात कही थी, बीस मिनट लेट आ रही?"

सभी लड़कियाँ बिन बुलाए मेहमान को देखकर निरुत्साहित हो गईं कि तभी रोली के आने से कुछ सामान्य हुईं। राहत अमन जी उनका प्लान सुनकर एग्जेक्ट पाँच बजे घाट पहुँच तो गए, पर पाँच मिनट तक किसी को आता न देख घबराहट में हॉस्टल से निखिल, अमित और रजनीकांत को फोन करके बुला भी लिया। साथ ही उनको यह लालच भी दिया कि खूब लड़कियाँ आ रही हैं, उनके साथ में फोटू खिंचाने को मिलेगा, और वे तीनों रोली के पीछे-पीछे ही पहुँच गए।

रोली लड़कियों से पूछती हुई, "इ पप्पू लोग कैसे आ गए? सुबोध नहीं आया क्या अभी?"

निखिल लड़कियों के बोलने से पहले ही, "पता नहीं, सुबोध जी तो अभी हॉस्टल में बैडमिंटन खेल रहे थे।"

राहत अमन, निखिल के बोलने के तुरंत बाद बिना ब्रेक लिए हुए बोले, "उसको भी बुलाना था क्या ?"

रोली गुस्से में सुबोध जी को फोन करने के लिए मोबाइल निकालती हुई, "अरे, गजब ढाते हो पप्पा! हमीं लोगों और सुबोध का तो प्लान था घाट आने

का। तुम कहाँ से आ टपके? और तुम बे निखिलवा, उस अनशन वाले दिन तो उसे अपनी टुटही साइकिल देने के नाम पर हंगामा रच दिए थे कि साथ नहीं दे रहा है और आज उसे साथ नहीं ला सकते थे।"

निखिल रुआँसे सुर में, "अरे यार, मुझे कहाँ मालूम था कि सुबोध जी को भी आना था।"

रोली मोबाइल में डायलर खोलकर, "अब बिलबिलाना छोड़ो और सुबोध का मोबाइल नंबर दो।"

राहत अमन जी आदत के अनुसार हवा में उड़ता तीर अपनी नई स्पार्की की जींस पर लेते हुए, "अरे, क्या नाटक कर रही, तुम्हारे पास सुबोध जी का नंबर नहीं है!"

रोली, राहत अमन जी को घूरती हुई बोली, "देखो, मैं कह रही थी न! एकदम कुत्ता आदमी है ई। तुम्हारे जैसा नहीं है सुबोध, उसने कभी माँगा नहीं, तो मैंने भी जरूरी नहीं समझा और अभी तक कोई जरूरत भी तो नहीं पड़ी थी।"

"अरे राहत, चुप रहो न! रोली, नंबर लो 744657..... ।" निखिल मैटर का चुइंगम बनने से पहले थुकवाने की कोशिश करते हुए।

"कहाँ हैं साहेब, पूरा कार्ड देकर बुलाना पड़ेगा क्या ! थोड़ा भाव क्या दे दिया है, आप तो आसमान से चिपकगए हैं, पूरे एस्ट्रोनॉट हो गए हैं। देखिए, अंतरिक्ष स्टेशन से रस्सी लगाकर इतना लटकना ठीक नहीं, रस्सी काट दूँगी, तो तैरते रहिएगा जिंदगी भर जीरो ग्रैविटी में। देखो सुबोध, इतना बनना अच्छा नहीं, बातो नहीं करेंगे कभी, साथ जाना तो दूर। पूरा क्लास क्या-क्या बोल रहा है, फिर भी थेथर होकर एक कान से सुन दूसरे कान से निकाल दे रही और तुम हो कि सलमान खान बन रहे।" रोली, सुबोध जी को मीठी झिड़की देती हुई।

"अरे रोली! हुआ क्या है? बात क्या है?" सुबोध जी फोन पर रोली की आवाज सुनकर बहुत खुश होने वाली बालकनी से होश फाख्ता होने वाली छत पर आते हुए

रोली घाट की सबसे नीचे वाली सीढ़ी पर बैठकर पानी में पैर डालने के लिए अपना जूता निकालती हुई, "इतना बैडमिंटन खेलने का शौक चर्राया है तुमको! साइना नेहवाल का मेल वर्जन बनना है का? सबका आज घाट आने

का प्लान था न! क्यों नहीं आए तुम? तुम्हरे सारे दुश्मनवा पहले ही आए पड़े हैं और तुम हो कि..."

सुबोध जी रुआँसे स्वर में, "अरे यार, तुम ही तो बोली थी न कि बॉयज आर नॉट अलाउड, केवल लड़कियाँ आएँगी, तो कैसे आ सकते थे?"

"अरे ऊ तो राहत चाचा को भगाने के लिए कहे थे। यार! कितना सम्मान करोगे मेरी बात का, कभी थेथर भी बनके देखो, बेहया के पेड़ का भी अपना मजा है।" रोली गुस्से की चादर फेंक हल्की प्यारी मुस्कुराहट का लबादा ओढ़कर सुबोध जी को अपने दिल में बने 'वन बीएचके' फ्लैट में एक बाथरूम एक्स्ट्रा देती हुई, राहत अमन जी के मुँह पर ही बोल पड़ी।

सुबोध जी बैडमिंटन रैकेट की ताँतों से पैरों के बाल सँवारते हुए, "क्या करूँ अब? कब तक हो वहाँ? आ जाता हूँ, अभी बस 10-15 मिनट में आ जाऊँगा।"

"10-15 मिनट में कैसे आ जाओगे, चार किलोमीटर की दूरी है, आराम से आओ, अभी दो घंटा रुकेंगे हम लोग, आरती देखकर ही जाएँगे... और हाँ, बचाकर मेंढक! कहीं रस्ते में पानी देखकर तैरने न लग जाना, हमें भूलकर सौतन पानी से मत चिपक जाना।" रोली पास खड़ी लड़कियों को आँख मारती हुई।

इतना कहने की देर थी कि सुबोध जी ने रैकेट फेंकी, फुल पैंट पहनी, पैरों पर बोरो प्लस लगा, चप्पल पहन तेज-तेज कदमों से, हॉस्टल के गेट से ही ऑटो-ऑटो चिल्लाते निकल पड़े।

इंतजाम-ए-रकीब

चौकी पर पालथी मारकर बैठते हुए सुबोध जी, ज्योतिप्रकाश से, "एक लड़की लंका पर देखी गई है यार!"

ज्योतिप्रकाश दाहिने हाथ की कानी उँगली का नाखून दाँत से काटकर थूकते हुए, "कौन? बताइए न!"

सुबोध जी बात को फैलाने वाला अपराधी बनने से बचते हुए, "आपको नहीं मालूम! तब जाने दीजिए; हम नहीं देखे हैं न, जब श्योर हो जाएँगे तो बता देंगे।"

ज्योतिप्रकाश पूरी बात जानने के बावजूद आश्वस्त होने के लिए, "अरे नहीं! आप बताइए न, मुझे भी थोड़ी-बहुत भनक है।"

सुबोध जी इतना बोलकर रुकते हुए, "अरे, अपने क्लास की एक लड़की, सेकेंड ईयर के लड़के को, ऑटो में, बाहों में भरे, किस करते हुए..."

"हाँ-हाँ, वही न दीक्षा राय! आनंद सिंह के साथ न। मैंने पूछा भी था उससे, बहुत पहुँची चीज है भाई, कह रही थी कि छह महीना से ये सब चल रहा है... और बताओ, किसी को आँखों-आँख भनक भी नहीं लगी। पता नहीं कैसे संपर्क हो गया ससुरा? तुम तो जानते ही हो कि वो कितनी फ्रैंक है। और आजकल फ्रैंक होने का मतलब समझते ही हो- कह रही थी शादी थोड़े न करनी है, बस मजा कर रहे हैं। ये भी बोल रही थी कि वे दोनों फिजिकल भी हुए हैं, वह तीन-चार रात मेस वाले रास्ते से अपने हॉस्टल भी आई है। बहुत अँधकार है भाई इन फ्रैंक लोगों के मन में और देखो, अष्टावक्रवा दीक्षा राय को मेरे लिए चुन रहा था। यार! कौनो दुश्मनी है का उसको मुझसे, कुत्ते भी गभिनि कुत्तिया पर नहीं चढ़ते, पर अपना आदमी तो उससे भी गया-गुजरा होता है, जब तक पेट के अंदर का बच्चा खुद मना नहीं करता कि गुरु अब मान जाओ, लेना ही नहीं छोड़ते।" ज्योतिप्रकाश एक ही सुर में पूरा कष्ट झाड़ते हुए।

"हाँ ज्योति, आप एकदम सच बोल रहे हैं, लेकिन यह आप ही बोल रहे हैं, मैं नहीं बोल रहा।" सुबोध जी अपनी आईडी देने से मना करने जैसे।

"अरे हाँ भाई! मैं ही बोल रहा हूँ, किसी से डरता हूँ क्या मैं? और फिर झूठ भी तो नहीं कहा मैंने।" ज्योतिप्रकाश जी बागी आशिक की भूमिका में।

सच्ची-मुच्ची वाली बात थी कि ज्योतिप्रकाश भी अष्टावक्र और सुबोध जी द्वारा बार-बार उकसाए जाने से कहीं न कहीं दीक्षा राय के बारे में सोच-विचार करने लगे थे। बात-बात पर बात निकालकर बात करने की कोशिश करने लगे थे। दीक्षा राय के परफ्यूम की महक अब उन्हें भीनी-भीनी खुशबू लगने लगी थी, कि दस मिनट प्रोफेसर तो दो मिनट उसे भी देखने लगे थे, कि कक्षा में घुसते ही सबसे पहले उसी का चेहरा खोजने लगे थे, कि क्लास में उसे देखते ही हल्का-हल्का खुश होने लगे थे, कि डायरेक्ट उसकी आँखों में झाँकने की कोशिश करने लगे थे, कि उसके बालों, कानों में कुछ स्पेशल देखने लगे थे, कि उसके पैर की उँगलियों के नाखूनों की नेलपॉलिश पहचानने लगे थे, कि हल्का-हल्का कुछ जो हो रहा था उस cos, sec, और tan theta को समझने लगे थे, कि बार-बार अष्टावक्र व सुबोध जी को चिढ़ाने के लिए खोजने लगे थे... कि अचानक एक बात से सब खत्म हो गया। उसको अब देखा ही नहीं जाता, बालों में जुएँ, रूसियाँ भी दिखने लगीं, कि आँखें चालाक लोमड़ी-सी हो गईं, कि सुंदर नेलपॉलिश पाँच रुपए वाली सड़क छाप-सी हो गई और उसका हर बात में मुस्कुराना उसके दुश्चरित्र होने का सबूत लग रहा था, कि उसका महकता बदन किसी के द्वारा गिफ्ट किए गए सस्ते परफ्यूम का कमाल लगने लगा था, लेकिन क्लास में घुसते ही उसे खोजने की आदत अभी जा नहीं पा रही थी, इसीलिए वे आनंद सिंह का बायोडाटा निकाल रहे थे। फेसबुक, इंस्टाग्राम और मेस बिल रजिस्टर, हर जगह आनंद सिंह पर पीएचडी हो रही थी। दीक्षा राय के खुद पास आकर कोई बात पूछे जाने पर भी ज्योतिप्रकाश का जवाब देने का मन नहीं करता था, यह कहना अच्छा रहेगा कि ज्योतिप्रकाश को दीक्षा राय से हल्की-हल्की नफरत हो गई थी, क्योंकि यह प्यार तो नहीं हो सकता।

प्यार हमेशा मुश्किलें ही खड़ी करता है, चाहे वह आपके पास हो या दूर हो। यहाँ क्रिटिकल कंडीशन यह थी कि सीनियर आनंद सिंह भी एनी बेसेंट

हॉस्टल में ही रहते थे। आते-जाते, खेलते-खाते, बोलते-बतियाते, हाथ मटियाते, 24 घंटे में दस-बारह बार दिख ही जाते थे। ज्योतिप्रकाश चलते रहते तो रुक जाते, बोलते रहते तो या तो चुप हो जाते या फिर चिल्ला-चिल्लाकर बोलने लगते और सबसे बड़ी दिक्कत तो भोजन करते समय मेस में आनंद सिंह के एंट्री मार देने पर होती थी। ज्योतिप्रकाश तो दो रोटी कम ही खाते थे, पर मेस महाराज और वर्करों को पचहत्तर कमी निकालते हुए डेढ़ सौ गालियाँ जरूर सुना देते थे। आनंद सिंह इस बात से बेखबर थे, खूब चबा-चबाकर देहानुसार खाते और उनकी इस हरकत पर ज्योतिप्रकाश उन्हें आश्चर्य से घूर-घूरकर देखते कि कोई इतने आराम से कैसे खा सकता है। एक दिन जब ज्योतिप्रकाश और आनंद सिंह का मेस में खाते वक्त सामना हो गया तो ज्योतिप्रकाश बिना भरपेट खाए ही उठने वाले थे। तभी आनंद सिंह की तेज आवाज ने उनको रोक दिया। मेस वाला लड़का आनंद सिंह को एक ही रोटी दे रहा था, जिस पर वे चिल्लाए कि चार-पाँच गो दो बे, का बकचोदी है! ज्योतिप्रकाश इस बात से फिर हैरान हुए कि मुझसे दो रोटी नहीं खाई जा रही और यह है कि रोटी के लिए लड़ रहा है। खाने की टेबल पर ज्योतिप्रकाश के ठीक सामने सुबोध जी बैठे थे और सुबोध जी के ठीक दाएँ आनंद सिंह बैठे थे। ज्योतिप्रकाश टेढ़ा बोलने की कोशिश में कुछ ज्यादा ही अटपटा व बहुत ही मजाकिया बोल बैठे, जिससे पूरी मेस हँसी-ठहाकों से गूँज उठी। और फिर क्या था, ज्योतिप्रकाश तमतमाकर उठे और बाहर चले गए। उन्होंने इनडाइरेक्टली आनंद सिंह को वाया सुबोध जी बोला- अभी गरमे रोटिया चलाकर मार देंगे, तो ई सुंदर-सुंदर फेस पर फोड़ा हो जाएगा, बहुत स्मार्ट बन रहे हो!

आनंद सिंह पूरी तरह बेखबर थे, लेकिन परेशान भी बहुत थे। कभी जब संडास के बाहर हैंडवॉश रखकर अंदर जाते, तो बाहर निकलते तक हैंडवॉश गायब हो जाता। मेस की टेबल पर जब भोजन करते-करते बीच में उठकर चम्मच लाने जाते, तो अचानक सब्जी में नमक कई गुना बढ़ जाता। सूखने के लिए फैलाए गए टी-शर्ट पर कबूतर की बीट ऐसे चमकती, जैसे कबूतर ने डायरेक्ट नहीं किया, बल्कि करने के बाद टिशू पेपर समझकर रगड़-रगड़कर पोंछा हो। वास्तव में, इस केस में तो ऐसा होता था कि कबूतर ने टट्टी जमीन पर की होती थी, पर कोई उस गरमा-गरम मैटेरियल को किसी पत्ते या कागज

से उठाकर आनंद सिंह के टी-शर्ट की पुताई कर देता था। (आप तो उस अपराधी को पकड़ नहीं पाएँगे)

कभी कुछ गायब होता, तो कभी कुछ टूटता, पर आनंद सिंह जल्दी ही उसे भूल हँसते हुए दिखाई देते और फिर ज्योतिप्रकाश रुआँसे हो जाते। फिर कष्ट-ए-रकीब के लिए भड़ास निकालने की कोई नई तरकीब खोजने लग जाते। (लगता है, आपने कबूतर को पकड़ लिया)

नामकरण संस्कार

सुबोध जी बच्चों जैसी आवाज में, "हमेशा मेंढक-मेंढक करती रहती हो न, मैंने भी अब तुम्हारा एक नाम रख दिया है।"

"मेरा नाम! अब तुम मेरा नाम रखोगे! देखो भला इस लड़के को, मेरा नाम रखने आए हैं, मैं किसी और लड़के को चिढ़ाती हूँ क्या, किसी और की आदतों पर इतना ध्यान देती हूँ क्या? कोई कुत्ते जैसे बोले या चुहिया जैसा, मैं नोटिस ही नहीं करती; अच्छा यही बताओ, किससे मैं तुम्हारे जितना प्रेम से बात करती हूँ? चलो भागो यहाँ से, दिखना नहीं अब आगे से, दू-चार दिन अच्छे से बात क्या कर लिए कपार चढ़ गए हो। मेरे मजाक का क्या मतलब समझते हो कि तुम भी मजाक कर दोगे। अब तुम मेरा नाम रखोगे, मुझे चिढ़ाओगे, भागो यहाँ से! अब हम तुम्हारा कभी मजाक नहीं उड़ाएँगे।" बड़ा-सा लेक्चर देने के बाद रोली मन-ही-मन कोई योजना बनाकर मुस्कुराती हुई।

"अरे नहीं, हम तो मजाक कर रहे थे यार, हम क्या नाम रखेंगे। हमारा खुद का नाम अपना नहीं रखा हुआ है, हम तो मेंढक हैं, टर्र-टर्र करना तो हमारा काम है ही... टर्र, टर्र, टर्र...।" सुबोध जी का मजाक उनके पिछवाड़े से फुर्र हो गया और पीछे से ही डर समाने लगा।

रोली खबर लेने की मुद्रा में, "अच्छा ठीक है। तो बताओ क्या नाम रखे हो? अब जब खूँटा से तोड़ा गए हो, तो भौंक भी दो। हमें भी तो पता चले, क्या हैं हम तुम्हारी नजर में।"

सुबोध जी previous मोड में ही, "अरे कुछ नहीं, कुछ भी नहीं रखे हैं, सॉरी यार! मजाक कर दिए गलती से।"

रोली गुस्से वाला मुँह बनाकर सुबोध जी की ओर बढ़ती हुई, "कह रहे हैं न, बताओ, नहीं तो अभी धुरपेटबो करेंगे।"

"बताएँ, गुस्साओगी तो नहीं न! जाने दो, छोड़ो, कुछ नहीं रखे हैं।" सुबोध जी के साहस की बिजली ऑन/ऑफ होती हुई।

रोली एकदम सुबोध जी के पास आकर चिल्लाती हुई, "अरे, फिर वही बात! कह रहे न, बताओ।"

सुबोध जी सकुचाते हुए, "टाइगर।"

"टाइगर!" रोली नाम दुहराकर जोर से हँस पड़ी

"तुम्हारा नेचर ही वैसा है, एकदम बेबाक, निडर और... और फिर तुम्हारा टाइटल भी तो सिंह ही है। सिंह की अँग्रेजी तो टाइगर ही होती है न।" सुबोध जी बम फटने से पहले ही डिफ्यूज करने की कोशिश करते हुए

रोली चहचहाकर हँसती हुई, "हाँ-हाँ, बिल्कुल सही कह रहे बेटा, लग रहा है L. K. G. में Y, A, K', मीन्स 'यॉक' अच्छे से रटे थे। अब ज्यादा लस्सी मत फेंटो, बढ़िया नाम है यार। पहले मिले होते हमसे, तो हम दसवीं के सर्टिफिकेट में भी अपना पूरा नाम रोली टाइगर ही लिखवा लेते, कहीं डॉक्युमेंट वेरिफिकेशन में जाते तो झट से काम हो जाता।"

"हम तुम्हारा खराब नाम थोड़े न रखेंगे, भले ही तुम मेरा सड़ा-सा मेंढक रख दी हो।" सुबोध जी टँगरी धरा जाने पर जाँघ से होते हुए कमर की तरफ बढ़ते हुए, यानी थोड़ी छूट मिलने पर ज्यादा चढ़ते हुए।

"मेंढक में खराब क्या है? हाँ! बताओ मुझे? कितना अच्छा तो है, छोटा-सा, प्यारा-सा, बारिश से खुश होने वाला, दुनिया के ताम-झाम से दूर रहने वाला, अपनी आवाज से रातों को भी दिन-सा व्यस्त करने वाला, एकदम यूनिक तो है।" रोली एकदम पानी-सा बहती हुई।

"बस-बस रुक भी जाओ, नहीं तो अभी हम पांडेपुर बोर्ड ऑफिस जाकर अपने सर्टिफिकेट में नाम सुधरवाकर मेंढक चौबे करवा लेंगे।" सुबोध जी अब एकदम गटई पकड़ते हुए।

उधारी भैया

अष्टावक्र चाय की दुकान पर सुबोध जी के पर्स में झाँकते हुए, "अरे, कितना जल्दी पर्स खाली कर दिया रे सुबोधवा! हाथ से निकल रहा है तुम अब, कंट्रोल नहीं रह गया है खर्चा पर।"

सुबोध जी परोपकार करने वाले जैसा टाइट मुँह करते हुए, "अरे, नहीं भाई, ऐसा बात नहीं है। कल रात में तुम जो हजार रुपया देखे थे न, 94 रूम नंबर वाले सुजीत भैया आए थे, कहने लगे कि उनका मेस अकाउंट माइनस में चला गया है और कल से ही एग्जाम है उनका, एडमिट कार्ड ही नहीं दे रहे सब ऑफिसवा वाले, तो हम उन्हीं को दे दिए। बहुत helpful हैं यार! पूरे सेकेंड सेमेस्टर का नोट्स दे दिए हैं।"

अष्टावक्र मुँह को 70 डिग्री से वाया 135 डिग्री होते हुए 170 डिग्री तक फैलाते हुए, "हाँ तो बेटा, अब दिल को दिलासा दिलाओ कि वह फोटोकॉपी जो तुम्हारे दयालु भैया दिए हैं न, उसी का शुल्क है हजार रुपया; इहे मान लो कि किसी कुतिया का डिलिवरी कराने में खर्च हो गया, दर्द सहने में आसानी होगी। मालूम है, सेकेंड ईयर वाले उनका नाम क्या रखे हैं सब, उधारी भैया! और अब तो इस साल उनका बीएड भी खत्म हो रहा है, बस छह-सात दिन बचे हैं, उड़ जाएँगे। फिर फोटोकॉपी से पिछवाड़ा साफ करते रहना।"

सुबोध जी के पैरों तले जमीन खिसकने लगी, "ऐसे कैसे उड़ जाएँगे यार! भागने वाले तो नहीं लगते हैं, बाकी कौन अंडरवियर में टट्टी करके घूम रहा है कैसे पता चलेगा, जब तक बदबू नहीं फैलेगी।"

अष्टावक्र पूरे इन्वेस्टिगेटिंग इंस्पेक्टर की आवाज में, "तुम देखना, कैसे उड़ जाएँगे। अरे! तुम ही उसके पहले शिकार नहीं हो, फर्स्ट इयर वाले कई गो लड़कों को फोटोकॉपी बाँटा है। फोटोकॉपी की दुकान वाले भोला भैया बता रहे थे कि एक दिन अपने नोट्स का बारह सेट फोटोकॉपी कराया है ऊ, वो पुछे भी थे उससे कि फर्स्ट ईयर के नोट्स का अब क्या काम? झूठ बोल दिया

ससुरे ने कि जूनियरों ने कराने के लिए पैसा दिया है।"

"कुछ सोचो बे! कुछ उपाय करो मेरा रुपया निकलवाने का, आज 23 अप्रैल हो गया और वही हजार रुपया बचा था। वो बोला कि कल शाम में दे देंगे, बाऊजी भी अब दो-तीन मई से पहले पैसा नहीं भेज पाएँगे।" सुबोध जी, अष्टावक्र की आँखों में गौर से देखते हुए उसकी प्रतिक्रिया का बेसब्री से इंतजार करते हुए।

अष्टावक्र बुद्धि लगाते हुए बोले, "मुश्किल है! उसका खुद का रिकॉर्ड है, मार खाए जाने पर भी उसने पैसे नहीं लौटाए हैं। कैसे होगा? चलो पहले फोन करो अभी उसको, बहाना बनाओ कि वे नोट नकली हैं, आकर दूसरे नोट ले जाए।"

"यह सुनो क्या बोल रहा है- आपने जिस बेचारे को फोन किया है, उसके सिर में दर्द है और वह सो रहा है। लगता है अपने मुँहे से ही बोल के कॉलरट्यून सेट किया है।" सुबोध जी, अष्टावक्र को मोबाइल स्पीकर मोड पर करके सुनाते हुए।

अष्टावक्र पूरे रोमांचक तरीके से भविष्य बताते हुए, "देखो, इसकी अभी से बेशरमी शुरू हो गई, अब कल तुमसे मिलेगा, दो-तीन दिन आगे भी मिलेगा, पर उसके बाद तुमसे मिलेगा ही नहीं। देखेगा तो छुप जाएगा, खड़ा रहेगा तो झुक जाएगा और अगर टॉयलेट में दिखेगा, तो तब तक हगेगा जब तक तुम वहाँ से चले न जाओ।"

"रुपया तो निकलवाना होगा, उसका रिकॉर्ड तो तोड़ना ही होगा, भले ही उस रुपए की पार्टी हो जाएगी। दस दिन बिना खाए रह लेंगे, पर उस साले गिरगिटवा को पैसा लेकर नहीं जाने देंगे।" सुबोध जी लालच देते हुए।

अष्टावक्र- "अच्छा, पार्टी! ऐसा करो, कल जब उससे मिलो तो बोलना कि उस हजार रुपए में चार सौ रुपए ही तुम्हारे थे, बाकी तीन-तीन सौ अष्टावक्र और ज्योतिप्रकाश के हैं और आप वे पैसे उन्हें ही लौटाएँ।"

सुबोध जी जिज्ञासा व्यक्त करते हुए, "इससे क्या फायदा होगा?"

"इससे यह होगा कि पैसा मिले न मिले, हम तीनों उसे खूब परेशान कर सकेंगे। मेरे कहने का मतलब कि तुम उससे जहाँ मिलो, रुपए की माँग करो, मैं जहाँ मिलूँगा अपने अंदाज में माँगूँगा ही और ज्योतिप्रकाश को भी सुबह

समझाकर तैयार कर लेंगे।" अष्टावक्र योजना समझाते हुए।

फिर क्या था, उधारी भैया की तो लग गई। इस त्रिमूर्ति ने उनकी नाक में लहर ला दी।

कॉलेज से लौटते हुए उधारी भैया से हॉस्टल के गेट पर सुबोध जी, "भैया जी, नमस्कार!"

उधारी भैया किनारा करते हुए, "नमस्कार बाबू! नमस्कार! आते हैं शाम को, तो तुम्हारा रुपया दे देते हैं।"

ज्योतिप्रकाश सीढ़ी पर चढ़ने को कदम रखते उधारी भैया से, "भैया प्रणाम!"

उधारी भैया माथे पर तनाव की सीवनों को छुपाते हुए, "खुश रहो बाबू! खुश रहो! शाम में आओ रूम में, ATM जाऊँगा आज।"

अष्टावक्र उधारी भैया के रूम में बिना दरवाजा खटखटाए घुसते हुए, "कैसे हैं भाई जी, कहाँ रह रहे आजकल, एकदम नौवका बियाह हुए दूल्हा टाइप गायब रह रहे हैं।"

उधारी भैया बेमन होकर, "हा-हा-हा, नहीं भाई, अभी बियाह का चांस कहाँ, अभी बेरोजगारी में ला देंगे किसी को तो उसका डेली अलाउंसेस और ओवर टाइम का पेमेंट कहाँ से लाएँगे।"

अष्टावक्र पॉइंट वाली बात पर आते हुए, "हाहाहा! भाई जी, आप बहुत ह्यू-मर-अस बानी, बेरोजगारी से याद आया हमारा रुपयवा का क्या हुआ भैया, देखिए, माँगते नहीं हम आपसे, कोई आप लेकर भाग थोड़ी न जाएँगे। अभी दू दिन तो हुआ लिए हुए। पर क्या बताएँ, डेली-डेली मुसम्मी और अनन्नास को मिलाकर बना हुआ जूस पीने की आदत है मेरी और इस समय पैसे की तंगी हो गई है। अब जूस पीना तो नहीं छोड़ सकते न, पैसा तो आता-जाता रहता है।"

उधारी भैया घुमाते हुए, "हाँ-हाँ, बाबू क्यों नहीं! जूस तो सबको पीना चाहिए, हम तो कहते हैं कि लोग भोजन कम करें, पर फल-फूल वाले मैटेरियल का सेवन ज्यादा करें।"

अष्टावक्र दुबारा थोड़ी तेज आवाज में, "भैया पइसवा!"

उधारी जी के मजाक का मूड गायब होते हुए, "हाँ-हाँ अभी बस ATM जा रहे हैं।"

सुबोध जी मेस में खाना खाते उधारी भैया से, "भैया! मोरे प्यारे भैया! ज्योतिप्रकाशवा बता रहा था कि आप ATM गए थे।"

"नींद आ गई यार शाम में, आज दिन में बहुत भाग-दौड़ हो गई थी न, अभी उठा हूँ तो भूख लगी थी, तो डायरेक्ट यहीं आ गया। कल सुबह होते ही जाऊँगा, पक्का!" उधारी भैया गले में अचानक घबराकर attention (सावधान) पोजीशन हो गए रोटी के टुकड़े को stand-at-ease (विश्राम) कराते हुए।

अष्टावक्र बिना मन का मजा लेते हुए, "भाई जी! नहाने जा रहे हैं क्या? बहुत देह को चमकाने का काम किया जा रहा है आजकल, क्या बात है?"

उधारी भैया चिढ़कर भी मुस्कुराते हुए, "हा-हा-हा, कोई खास बात नहीं बाबू, अभी बस ATM निकलना था न, इसीलिए सोचा नहा लूँ, पता लगा दिनभर समय मिले न मिले।"

ज्योतिप्रकाश नहाकर निकलते हुए उधारी भैया के पैर छूते हुए, "भैया प्रणाम!"

"खुश रहिए बाबू! खुश रहिए! अभी जा रहे ATM, लौटकर सीधे ही आपके रूम में आते हैं।" उधारी भैया चुमा लेने से पहले ही गालों को हाथ से ढँकते हुए।

सुबोध जी फैकल्टी में तीन-चार लड़कियों को घेरकर बात करते उधारी भैया से, "भैया क्लास नहीं चल रही या आपकी?"

"नहीं-नहीं, क्लास है बाबू, बस 5 मिनट में है। शाम में हॉस्टल में मिलते हैं।" उधारी भैया सबके सामने भेद खुलने के डर से लड़कियों को छोड़ सरकते हुए।

(दिल पर फोड़ा यहीं से शुरू हुआ)

अष्टावक्र लड़की से हाथ मिलाने को अपना हाथ आगे करते हुए, "यह आपकी बहन है क्या भाई जी?"

"हाँ बाबू! अभी इसको स्टेशन छोड़कर आते हैं, तो मिलते हैं।" उधारी भैया अपनी बहन के हाथ मिलाने को बढ़े हाथ को घूरकर मना करके, उसे अपनी दूसरी तरफ करते हुए।

"भैया गुड मॉर्निंग! चाचा चाय और कचौड़ी का पैसा भैया से ले

लीजिएगा।" चाय की दुकान पर सुबह-सुबह अष्टावक्र उधारी भैया की ओर उँगली करके दुकान वाले को दिखाते हुए।

सुबोध जी भी वहीं अष्टावक्र के साथ होने की उपस्थिति दर्ज कराते हुए, "भैया कुछेक रुपया हुआ है, हम लोग चलें न।"

रुआँसा होते गले से उधारी भैया, "ठ...ठ...ठीक है बाबू।"

मतलब कि उधारी भैया से नहाते समय, मेस में, कॉलेज में, TV रूम में, फ्री का अखबार पढ़ते समय, रास्ते में, सुबह-दोपहर-शाम-रात, हर समय वसूली की असफल कोशिश होती थी, पर उधारी भैया दम ही नहीं तोड़ रहे थे। फिर एक दिन ऐसा आया, जब उन्होंने अपना मन बदला। वो क्षण काफी भयावह था। ऐसा हुआ कि इन तीनों ने उन्हें पूरे दिन संडास में रखे रखा, वह भी उनके मन से ही हुआ। कहानी यूँ है कि सुबह-सुबह उधारी भैया नित्य क्रिया करके निकल ही रहे थे कि उन्होंने इन तीनों में सबसे खतरनाक अष्टावक्र को आते देख लिया, तो फिर वापस भागकर जल्दी से संडास में घुस गए। अष्टावक्र ने उन्हें अंदर जाते हुए देख लिया और तुरंत छुट्टी के दिन की पूरी योजना बना डाली। बाहर चारपाई लाकर डाल दी गई और सुबोध जी व ज्योतिप्रकाश की क्रम से पहरा देने की ड्यूटी लगी रही। इधर उधारी भैया कोई और विकल्प न देख सुबह से संडास में गए-गए दोपहर बारह बजे के आसपास, पसीने से तरबतर, बाहर निकले और इन तीनों के कुछ बोलने से पहले ही इन्हें अपने रूम में ले गए। वहाँ उन्होंने अलमारी में रखी अंतिम किताब से सौ-सौ के दस नोट निकालकर तीनों को बाँट दिए और हाथ जोड़कर बिना बोले विदा किया। दरवाजा बंद करके बेड पर आए और छत की ओर देखते हुए लेट गए।

थोड़ी ज्ञानपेलई

बहुत विद्वतजन परेशान होंगे कि कितनी बकवास कर रहा है! थोड़ा भी ज्ञान नहीं, चोकर रहा है, तो मैं सोचता हूँ कि उनको भी गुलगुलाने के लिए कोई लेमनचूस दे ही दूँ। हाँ ठीक है न, बाद में कोई ई न कहेगा कि कोई ज्ञान की बात नहीं है काशीश्क में।

सुबोध जी के गाँव से कुछ लोग विंध्याचल मंदिर में छोटे बच्चे का जनेऊ करवाने आ रहे थे। सुबोध जी उनके बहुत प्रिय नहीं थे, बस विंध्याचल मंदिर बनारस से नजदीक पड़ता है और जवान लड़के ठीक-ठाक वजन उठा लेते हैं, फोटो भी खींच लेते हैं, आदि कारणों से उनको बुलावा था। सुबोध जी को बस एक दिन पहले ही शाम को पता चला था। उन्होंने एक से भले दो की थियोरम को याद कर ज्योतिप्रकाश को भी साथ चलने के लिए तैयार किया। अष्टावक्र के बेहतरीन बेबाक स्वभाव के कारण उनका चयन नहीं हो पाया, इसलिए उनसे बात छुपा ली गई। सुबह 4:00 बजे ही हॉस्टल से निकल जाने का प्लान बना। उस दिन सुबोध जी सुबह 3:00 बजे का अलार्म लगाकर रात 10:00 बजे ही सो गए। 3:00 बजे उठे, तो इच्छा हुई कि प्रतिदिन की मजेदार क्रिया कर ली जाए। बहुत पानी पिए, पूरे हॉस्टल के कई बार चक्कर भी लगा दिए, पर 10-15 ग्राम से अधिक कुछ आउटपुट नहीं मिल पाया। डर रहे थे कि अगर कही रास्ते में या मंदिर में नेचर कॉल आ गई, तो वहीं पेपर सोप लेकर दौड़ना पड़ेगा। लगती भी कैसे, हर दिन आठ बजे उठकर मेल्हते, अईंठते नौ बजे करने की आदत जो थी। खैर, मस्ती से दिनभर घूमे और दो-तीन बार सबके हाथ-पैर छूते हुए आशीर्वाद मद में साठ-सत्तर रुपए पा गए। विंध्याचल से दोपहर दो बजे बस पकड़कर शाम चार बजे बनारस पहुँचे और साढ़े चार बजे तक अपने बिस्तर पर पेट के बल लेट, मजे से मेहनती वाली नींद खाकर सो गए। नींद खुली, तो देखा कि घड़ी दस बजा रही है। उठकर टाइम समझने, पानी से लबालब भरी टंकियों को खाली करने में साढ़े दस बज गए। पेट का

पानी निकलने के बाद जब वहाँ भूख वाला दर्द उठा, तो मेस की तरफ भागे। पता चला वहाँ सब खत्म हो गया है। इधर ज्योतिप्रकाश का भी कमोबेश यही हाल था। बस, हर दिन सुबह चार बजे उठने की आदत से उसको सुबह दिक्कत नहीं हुई थी। कैसे-कैसे दोनों बाहर जाकर भोजन करके आए, तब तक रात के बारह बज गए। अब नींद तो पूरी हो गई थी, आखिर शाम के साढ़े चार बजे से रात दस बजे तक पाँच घंटे से अधिक हो गए न। सुबोध जी ने अपना ईयरफोन कान में लगाया, मोबाइल में 'अरिजीत सिंह- ऑल रोमांटिक सॉन्स' वाला पूरा फोल्डर प्ले कर दिया और आँखें खोले-खोले ही चलते पंखे को लगातार देखते, उसकी पत्तियों को गिनने की कोशिश करते हुए, रोली की यादों में तीन बजे तक का समय खर्च कर डाला। अब आँखें झपकने लगीं, इयरफोन हटाया, गाने बंद किए और सोने का श्योर वाला मूड बना लिया, पर तभी अचानक एक घटना घटी। वे घबराहट में उठकर बैठ गए। उन्हें एक ऐसे मेहमान की आहट हुई, जिसे वे कल सुबह तीन बजे बुलाने का प्रयास कर रहे थे और आज वह पूरे गाजे-बाजे के साथ फुल रफ्तार में उनका दरवाजा खटखटा रहा था। सुबोध जी हैंड वॉश लेकर अपनी आज की दिनचर्या को गरियाते हुए शौचालय की तरफ भागे।

अतः इस पाठ की शिक्षा यह है कि प्रकृति का अपना खुद का ऑपरेटिंग सिस्टम है, जो आदतों का अलार्म लगाता है और दिनचर्या भी उसी से निर्धारित होती है। अगर आप आज दोपहर बारह बजे जाकर संडास में बैठते हैं, तो हो सकता है कोई रिजल्ट न आए। पुनः अगर कल उसी समय बैठते हैं, तो हो सकता है 5-10 ग्राम रिजल्ट आए, पर अगर इस दिनचर्या का पालन सात-आठ दिन कर लेंगे, तब रिजल्ट हमेशा बारह बजे ही आएगा और अव्वल दर्जे का आएगा।

प्रेम रिक्वेस्ट

सुबह नौ बजे सुबोध जी के पिता जी, "हैलो बेटा! कैसे हो? आज तो रविवार की छुट्टी है न! वो जो चमकियाँ वाले मौसा जी थे, बीएचयू में दस-बारह दिन से भर्ती थे, आज सुबह ही चल बसे। दाह संस्कार वहीं होगा कोई हरिश्चंद्र घाट है। अब इतनी जल्दी मैं तो नहीं आ पाऊँगा, अगर तुम चले जाते तो अच्छा रहता; पुरानी रिश्तेदारी है।"

सुबोध जी सुबह-सुबह अपने देर से उठने को छिपाने की कोशिश करते हुए, "हाँ पापा, प्रणाम! ठीक है चला जाऊँगा, छुट्टी ही है।"

पिताजी- "ठीक है तब। कपड़ा, तौलिया सब लेकर जाना, वहीं नहाना पड़ता है। मैं तुम्हारी दीदी से बोल देता हूँ, उन लोगों का नंबर मैसेज कर देगी।"

सुबोध जी रूम के फर्श को प्रणाम करके बिस्तर से नीचे उतरते हुए, "ठीक है पापा! ठीक है, मैं देख लूँगा।"

पहली बार किसी निर्जीव देह को जलता देखने को उत्सुक सुबोध जी हरिश्चंद्र घाट पहुँचे। सब क्रियाकर्म होते-होते शाम के पाँच बज गए। पहली बार जीवन की वास्तविकता को देखकर सुबोध जी का पिछवाड़ा फट के सड़ा टमाटर हुआ जा रहा था। इसी बीच उन्हें एक आदमी दिखा, गंदे कपड़ों में, बड़े-बड़े बिखरे बालों में, सालों पहले साफ किए हुए, टट्टी-से पीले हो रखे दाँतों के साथ, जो किसी जलती लाश में से अधजले मांस का टुकड़ा निकालकर खा रहा था। सुबोध जी को पूरी दुनिया उल्टी दिखने लगी कि वे घाट की सीढ़ियों पर ही pause हो गई आँखों से सब देखते रहे। जोर-जोर से रोते एक छोटे बच्चे की आवाज ने उन्हें resume किया, जो अपनी मरी माँ को छूने न देने वाले लोगों से लड़ रहा था। सुबोध जी को अपनी पूरी जिंदगी फॉरवर्ड मोड में दिखने लगी। उन्हें वो सारे लोग मरते हुए दिखने लगे जो उनके अपने थे- उनके मम्मी-पापा से लेकर रोली तक। अंत में उन्हे रोली के जलते हुए मुलायम गाल दिखे, जिन पर वे अपनी जिंदगी को घिसकर नुकीला और

बेहतरीन करना चाहते थे कि क्रमशः सुंदर गर्दन और फिर हमेशा ढके रहने वाले ब्रेस्ट दिखे, जो पलों में जलकर भाप की तरह उसकी छाती से उड़ गए। सुबोध जी की साँसें फूल रही थीं, पूरा शरीर दर्द से काँप रहा था, पसीना उनके अंडरगारमेंट्स को भिगा रहा था और वे वहीं सीढ़ियों पर जम गए थे। गर्मी में भी दाँत किटकिटाने लगे। तभी उनके पिताजी के किसी परिचित ने पास आकर पूछा- तुम सुबोध हो न!

इस सवाल ने उन्हें औंधे मुँह कर दिया। सुबोध जी ने वापस उसी आदमी से दो बार पूछा कि मैं कौन हूँ? मैं कौन हूँ? क्या मम्मी-पापा मर गए? मैं कितने दिन और जिंदा रहूँगा?

उस आदमी को स्थिति भाँपते देर न लगी। उसने सुबोध जी के हाथ पकड़ उठाने की कोशिश की, पर असफल रहा। उसने पीछे से सुबोध जी के पेट को दोनों हाथों से चंगुल में लेते हुए उनको खड़ा कर दिया और खींचते हुए घाट से दूर सड़क की तरफ ले जाने लगा। सुबोध जी ने आवाज दी- पानी, और उस आदमी ने तुरंत एक chilled AquaTina की बोतल खरीदकर दी। सुबोध जी ने पूरा पानी अपने चेहरे पर उड़ेल दिया, फिर वहीं आँखें बंद करके ठहर गए। फिर जब आँखें खोलीं, तो पाँवों की गति सँभल गई थी। उन्होंने दिल को ऐसे कस लिया, जैसे कुछ हुआ ही नहीं। उस आदमी का परिचय पूछा और फिर उसे पापा का दोस्त जानकर उसके पैर छुए। उस आदमी ने ये समझ लिया कि लड़का समझदार है, उसने खुद को सँभाल लिया है। फिर सोचा कि अकेले छोड़ना उचित नहीं, ऑटो में बैठा देना ही ठीक रहेगा।

"कहाँ रहते हो बाबू?"

"कमच्छा पर हॉस्टल है चाचा।"

"कैसे जाओगे? चलूँ, मैं हॉस्टल तक छोड़ दूँ क्या?"

"नहीं-नहीं चाचा जी, आप क्या परेशान होंगे, मैं चला जाऊँगा। यहाँ से सीधे गोदौलिया जाऊँगा, फिर वहाँ से ऑटो लेकर कमच्छा।"

"ठीक है बाबू, चलो फिर ज्यादा सोचा नहीं जाता, ये सब जीवन की सच्चाई है और ये परिस्थितियाँ जब आती हैं न, तब भगवान उन्हें सहने की शक्ति भी देता है। डरो मत हम लोग हैं न!" चाचा जी ऑटो में सुबोध जी को बिठाते हुए बोले।

सुबोध जी ऑटो के वहाँ से निकलते ही दूसरी दुनिया में वापस चले गए। अपनी दीदी, भैया-भाभी, मामा-मामी के चेहरों को याद करने लगे। ऑटो ड्राइवर द्वारा गोदौलिया आ गया कहकर हाथ से हिलाए जाने पर वे होश में आए और किराया देते हुए आगे बढ़े। ठंडई की दुकानें गोदौलिया चौक पर ही भगवान शंकर के ठंडई पसंद होने का एलान करते हुए सजी हुई थीं। एक दुकान के पास से निकल रहे सुबोध जी के हाथों को बाहर खड़े आदमी ने पकड़ लिया।

"भैया बनारस आए और भोले बाबा का प्रसाद नहीं लिए, फल कइसे मिलेगा!"

"अरे, चौथा साल है गुरु हमारा, यहाँ बनारस में।"

"अच्छा, चार साल हो गया! वाह! बहुत अच्छा! आप तो पूरे बनारसी ही हो गए, पर जरूरी बात यह है कि आप अब तक ठंडई का मजा लिए कि नहीं?"

"अरे न भैया! हमसे न चल पाएगी, कैसे गिरते-पड़ते हॉस्टल जाएँगे।"

"गजब बात करते हैं भाई जी, ये कोई नशा थोड़ी न है जो गिराएगा, बाबा का प्रसाद है, प्रसाद। ये किसी को गिराता नहीं है, सीधे बाबा के दर्शन कराता है। ए शक्तिया! दो रे भैया को एक बड़का गिलास ठंडई का।"

सुबोध जी तो फँस गए उस ग्राहक फँसाने वाले आदमी के जाल में, एक गिलास ठंडई पीने के बाद अभी जेब में पैसा निकालने के लिए हाथ डाल ही रहे थे कि उस आदमी ने एक गिलास ठंडई और उड़ेल दी। ऑटो पकड़ कैसे-कैसे हॉस्टल पहुँचे। सुबोध जी कमरे में पहुँचते ही जोर-जोर से हँसने लगे और ज्योतिप्रकाश के पैर के बालों को नोचने लगे।

सुबोध जी, ज्योतिप्रकाश के दोनों गालों को रगड़ते हुए, "जिंदगी की कोई गारंटी नहीं है रे ज्योतिप्रकाशवा, समय बहुत कम है, पढ़-लिखकर टाइम खराब करने की जरूरत नहीं है, अब जल्दी से रोली से बियाह कर घर बसा लेना है।"

"अच्छा ठीक है! कल बियाह करना, पहले ये बताओ कहाँ गए थे, सुबह से गायब थे। हम ग्यारह बजे मेन कैंपस से लौटकर आए, तो तुम नहीं दिखे। अब फोन करने ही वाले थे।" ज्योतिप्रकाश, सुबोध जी के मोबाइल का कॉल

लॉग देख रहे थे, जिसमें सुबह नौ बजे बस पापा के नाम से एक कॉल और नौ-सत्ताईस पर बड़की दीदी के नाम से एक मैसेज था।

सुबोध जी दार्शनिक वाली शून्यता से, "आज गए थे हरिशचंद्र घाट, जिंदगी का मतलब जान गए हैं हम।"

"अच्छा जान गए! ठीक है, रुको, अष्टावक्र को बुलाते हैं। उसे भी बताओ जीवन का रहस्य।" ज्योतिप्रकाश, अष्टावक्र को फोन करके बुलाते हुए।

अष्टावक्र फोन पर, "कुछ पीकर तो नहीं न आया है, मुँह महको जरा उसका, आते हैं बस पाँच मिनट में।"

सुबोध जी, ज्योतिप्रकाश को अपने मुँह से दूर धकेलते हुए, "का मुँह महक रहे हो, दारू थोड़ी न पिए हैं, बाबा का प्रसाद पिए हैं; ठंडई, दू गिलास, बड़की गिलास से।"

अष्टावक्र कमरे में घुसते ही, "तो गुरु सुबोध! बियाह करना है अब।"

सुबोध जी बैठे हुए से खड़े होते हुए, "हाँ, आ गया मेरा असली भाई, देखो न इसे मेरा मुँह महक रहा था। इसे समझाओ बहुत अधिक काम है, कार्ड सब छपवाना है अभी, फिर बँटवाने से लेकर सबकुछ बुक भी तो करना होगा, बहुत छोटी जिंदगी है भाई, बहुत छोटी।"

अष्टावक्र हल्के-फुल्के मजाक के मूड में, "अरे, वह सब तो हम लोग दू मिनट में मैनेज करा देंगे, बाकी ई बताओ कि रोली भाभी तैयार हैं? अभी जहाँ तक मुझे मालूम है, प्रेम निवेदन (प्रपोज) नामक संस्कार नहीं हुआ है।"

सुबोध जी फोन हाथ में उठाकर गंभीर मुद्रा में, "हाँ यार! मेरे भाई, बहुत जरूरी बात याद दिलाई है तुमने, मैंने उससे तो पूछा ही नहीं। लगाते हैं अभी फोन, पूछ लेते हैं। जिंदगी बहुत छोटी है भाई, बहुत छोटी है।"

अष्टावक्र, सुबोध जी के हाथ से मोबाइल लेने की कोशिश करते हुए, "अरे, इतनी जल्दीबाजी क्यों है? मिलकर पूछेंगे न, रात ज्यादा हो गई है पता नहीं कहीं नींद टूटने के गुस्से में मना कर दे तो!"

"अच्छा, ऐसा क्या? तो मिल लेते हैं, अभी चलो उसके घर चलते हैं। कौनो गाँव थोड़ी न है, बनारस है, पूरी रात ऑटो चलता है और अभी ग्यारह ही बज रहे हैं।" सुबोध जी फोन को न देते हुए दूसरे हाथ में लेकर कांटेक्ट

लिस्ट में R,O,L,I, क्रमशः जल्दी से दबाकर, हरा कॉलिंग मार्क दबाते हुए।

रोली रात को सोने से पहले ब्रश करके बेसिन की टोटी बंद करते हुए, "हाँ सुबोध, बोलो! इतनी रात! सब ठीक तो है न! मेरे घर आ रहे हो! क्या हुआ? अरे कल मिलते हैं न! ठीक है, जरूरी है तो मैं ही आती हूँ, तुम वहीं रुको, हाँ यार पक्का आ रहे, जरा अष्टावक्र को फोन दो।"

अष्टावक्र, रोली को मैटर समझाते हुए, "हाँ यार, पता नहीं क्या हो गया है इसे! तुम बोलो न इसे कल मिलने को, क्या? आ रही हो? अरे कोई सीरियस कंडीशन नहीं है, बस जबसे भाँग पीकर आया है, बोल रहा कि जिंदगी बहुत छोटी है, बहुत काम करना है अभी।"

रोली जल्दी से कपड़े ठीक करके बालों को सही करती हुई, एक कान पर मोबाइल दबाए बोली, "जब फोन करूँगी, तो तुम सुबोध को हॉस्टल के बाहर लेकर आ जाना। मैं देखती हूँ कोई ऑटो मिल जाता है तो बुक करके आती हूँ, सँभालो तब तक उसे।"

"घर से निकलने में कोई दिक्कत तो नहीं हुई न!" अष्टावक्र एनी बेसेंट हॉस्टल के गेट के सामने ऑटो में बैठी रोली के बगल सुबोध जी को बैठाते हुए।

"अरे हाँ यार, घर पर सब लोग तो हैं ही! मैं जल्दी-जल्दी में किसी को बताना ही भूल गई। अभी फोन करके बता देती हूँ कि बीएड वाली एक क्लासमेट की तबियत खराब हो गई है, तो बीएचयू आई हूँ। तुम भी बैठ जाओ।" रोली ने ऑटो की पीछे वाली थ्री सीटर सीट पर एक किनारे होकर सुबोध जी को बीच में किया और अष्टावक्र को दूसरे किनारे पर बैठने के लिए जगह दी।

ऑटो ड्राइवर पीछे मुंडी घुमाए बिना ही, "कहाँ चलना है रोली?"

सुबोध जी अपनी उपस्थिति का एहसास कराते हुए, "यह तुम्हारा नाम जानता है!"

रोली ऑटो ड्राइवर से, "कहीं भी चलिए चाचा, बस कहीं पर रोकिएगा नहीं।"

सुबोध जी वापस से, "तुमने बताया नहीं, नाम कैसे जानता है?"

रोली, सुबोध जी के कानों के एकदम करीब मुँह को लगाकर, "यह मेरे

मोहल्ले का ही है। मेरे घर से तीन-चार घर पूरब में रहता है। बचपन में कभी-कभी स्कूल छोड़ देता था। चार-पाँच साल बड़ा है, बस। जब बारहवीं में थी, तो मेरा हाथ पकड़ लिया और बोला कि मैं तुमसे शादी करना चाहता हूँ और तब मैंने इसे पटक-पटककर मारा था। वो जो इसके गाल पर ब्लेड का बड़ा निशान है न! मैंने ही मारा था। तब से सही हो गया। अब तो मेरा गुलाम है, बस इसी बात के लिए कि वो घटना किसी को बताना नहीं है, शादी सब हो गई है न इसकी।"

अष्टावक्र वापस मैटर पर लाते हुए, "जिस बात के लिए बुलाए हो, उस बात को भी बता दो, अब जिंदगी बड़ी हो गई क्या?"

सुबोध जी के दोनों हाथों को अपने हाथों में लेती हुई रोली बोली, "हाँ, बताओ सुबोध! काहे लिए मिलना चाह रहे थे?"

सुबोध जी पूरे ऑटो में रोमांटिक वातावरण का परफ्यूम छिड़कते हुए, "देखो रोली! जिंदगी का कोई भरोसा नहीं, यह बहुत छोटी है। जो भी प्लानिंग करनी है, जल्दी कर लेना अच्छा होगा। जानती हो, साल में 365 दिन होते हैं और अगर आदमी पूरे 100 वर्ष पूरा रहे, तो भी केवल 36500 दिन होते हैं, जो देखो कितने कम हैं। वैसे भी आजकल सौ बरस जिंदा कौन रहता है? बात बस इतनी-सी है कि हमारे जिंदगी के इक्कीस-बाईस बरस तो बीत ही गए और अब बारह-तेरह साल में हम पैंतीस-सैंतीस साल के अधबूढ़े हो जाएँगे, फिर कुछ हो नहीं पाएगा। देखो, बस ये समझ लो कि तुम्हारे साथ ही चलना है, तुम्हारे साथ ही रहना है, तुम्हारी ही नौकरी करनी है, तुम्हें ही पूजना है। तुम्हारा साथ चाहिए हमेशा-हमेशा के लिए।"

रोली, सुबोध जी के दोनों हाथ छोड़कर उनके कंधों पर हाथ रखती हुई, "अच्छा, साथ रहकर क्या करना है? अपना कपड़ा धुलवाओगे, भोजन बनवाओगे या घर की साफ-सफाई करवाओगे?"

सुबोध जी परेशान होते हुए, "अरे नहीं! मतलब क्या कहती हो यार, समझ रहे हैं हम, तुम मेरी बात समझकर भी मुझे परेशान कर रही हो। देखो, परेशान मत करो, जिंदगी बहुत छोटी है, बहुत छोटी।"

रोली धीरे-धीरे हँसती हुई, "का समझ रहे? हाँ, बताओ-बताओ, तीन ही तो शब्द हैं आई...लव...यू, पूरी किताब बाँच दोगे, पर ये नहीं बोलोगे।"

सुबोध जी पहली बार रोली के कंधों पर हाथ रखते हुए, "ठीक है, तो मैं यह भी बोल देता हूँ, पर जवाब तुम्हें जल्दी देना होगा, टाइम मत लगाना। जिंदगी बहुत छोटी है, बहुत छोटी।"

रोली शरारती हँसी हँसते हुए, "अरे मेंढक! तुम आई...लव...यू बोलकर मेरी बात का जवाब ही दोगे। मैंने propose तो 2 महीने पहले ही ब्लैकबोर्ड पर लिखकर कर दिया था।"

सुबोध जी अचेतन की स्थिति में बकर-बकर करते हुए, "क्या! वो तुमने लिखा था? मुझे विश्वास नहीं हो रहा। यार, मैं उस समय सोच-सोचकर परेशान था कि तुम्हें कितना बुरा लगा होगा।"

अष्टावक्र, सुबोध जी को रोली के गले लग जाने के लिए हल्का ढकेलते हुए, "चोप्प भोसड़ी के! हरदम व्याख्यान ही देता रहता है, रोली जब खुद से, अपने मुँह से बोल रही है कि उसने propose किया था, तो उसमें विश्वास न करने वाली बात कहाँ से आ गई? 'रोली लव्स सुबोध' लिखा था वहाँ, न कि 'सुबोध लव्स रोली'। अब रोली को सुबोध से प्यार है, यह बात और कौन लिखेगा?"

"मुझे तुमसे प्यार है रोली! तुम पसंद हो मेरी! आई...लव...यू, जिंदगी बहुत छोटी है, बहुत छोटी।" सुबोध जी, अष्टावक्र के उपक्रम से रोली के गले लगकर कानों में धीरे से।

"रोली, अब हमसे ऑटो नहीं चलाया जाएगा, रात बारह बजे से चलाते-चलाते सुबह के चार बज गए।"

ऑटो ड्राइवर की इस आवाज ने रोली, उसकी गोद में सिर रखकर सोए सुबोध जी और अपने ही घुटनों के बीच में सिर फँसाकर सोए अष्टावक्र की नींद तोड़ दी और सुबोध जी बोल पड़े- "मैं यहाँ कैसे आया?"

माइक टेस्टिंग- हैलो चेक हैलो

रोली, सुबोध जी के पिट्ठू बैग को पीछे से अचानक खींचते हुए, "कहाँ जा रहे हो?"

सुबोध जी, रोली की तरफ पीछे मुड़ते हुए, "अरे रोली! हॉस्टल जा रहे यार! आज कमल सर की अर्ली क्लास की वजह से सुबह नौ बजे ही आना पड़ा और मेस में भोजन तो दस बजे से मिलता है। बहुत जोर की भूख लगी है, जाकर कुछ चबा लिया जाए।"

रोली एकदम स्ट्रेट सुबोध जी की आँखों में देखते हुए, "अरे, तो अब शाम के चार बजे हॉस्टल के मेस में क्या मिलेगा, कहीं बाहर का ही तो ले जाकर खाओगे! चलो, साथ चलो मेरे, किसी रेस्टोरेंट में चलते हैं, तुम कुछ हैवी खा लेना और मैं भी कुछ हल्का ले लूँगी।"

सुबोध जी, रोली की नजरों से नजर न मिला पाते हुए, "ठीक है, चलो ऑटो ले लेते हैं, सावन रेस्टोरेंट चलते हैं।"

काफी कुछ बदला था उस प्रेम निवेदन वाली रात के बाद। रोली अब सुबोध जी को ज्यादा चिढ़ाती नहीं थी, उल्टे सुबोध जी अब थोड़े-थोड़े खुल रहे थे। पर अगर कहीं किसी दिन रोली का मजा लेने का मूड बन जाता, तो सुबोध जी खुशी-खुशी रोली के लिए मजे का सामान बन जाते। अगर किसी को चिढ़ाया जाए और उसकी कोई प्रतिक्रिया न आए, तो मजा नहीं आता, यह बात सुबोध जी बखूबी जान गए थे, इसीलिए रोली द्वारा चिढ़ाए जाने पर बुरा न लगने पर भी मुँह बनाकर चिढ़ने का नाटक करते थे।

रोली खाली पड़े रेस्टोरेंट की सबसे कोने वाले टेबल-कुर्सी पर बैठती हुई, "कैसा रेस्टुरेंट है गुरु? एकदम खाली है, तुम्हारा मूड तो नहीं बिगड़ा न, बताओ! तुम जानते थे न कि ये इस टाइम खाली रहता है।"

"सर, ऑर्डर!" काफी कम उम्र का दिखने वाला वेटर मेन्यू दिखाते हुए।

"आप जाइए मेन्यू रखकर, अभी डिसाइड करके बुला लेंगे।" सुबोध जी

दिखाते हुए कि उन्हें भी प्रोफेशनली बोलना आता है

पास ही खड़ा एक तैंतीस-चौंतीस साल का वेटर शक्ति कपूर वाली मुस्कान के साथ जूनियर वेटर से, "अरे, काहे परेशान कर रहे हो इन लोगों को, जाओ न अपना काम करो; अभी तो आए हैं लोग, देखो मैडम को कितना पसीना हुआ है। थोड़ा ठंडा लेने दो, कह रहे हैं न जब हो जाएगा तो तुम्हें बुला लेंगे।"

रोली, सीनियर वेटर से, "ये चाचा इधर आव इधर!"

सीनियर वेटर मुँह टेढ़ा करके मुस्कुराते हुए ही, "हाँ मैडम!"

रोली एकदम रौब से, "बहुत मजा आवत बा न मैडम के पसीना देखके?"

सीनियर वेटर पहले से कम लेकिन अभी भी मुस्कुराते हुए, "अरे नाहीं मैडम! आप तो बुरा मान गईं, मैं तो इसे समझा रहा था, नया लड़का..."

रोली सीनियर वेटर को बोलने से बीच में ही रोक कर खड़े होकर बोलती हुई, "चुप! एकदम चुप! उमर में बड़े हो, चाचा लोग की उमर के हो, लिहाज करते हैं, वरना इतना मरवाएँगे कि पिछवाड़े से ही शाही पनीर, पनीर कोफ्ता और कड़ाही पनीर हग दोगे।"

रेस्टोरेंट का मालिक, "क्या हुआ? क्या हुआ मैडम!"

"अरे, ये अंकल अभद्रता कर रहे हैं।" सुबोध जी भी अपने जिंदा होने का सबूत देते हुए।

"सुबोध, तुम चुप रहो! आपके यहाँ सीसीटीवी लगी है न चाचा, आप देख लीजिए या अपने वेटर से ही पूछिए क्या हुआ? बाकी वेटर के लिए थोड़ा ठीक-ठाक आदमी रखा कीजिए।" रोली वापस से अपनी chair पर बैठते हुए।

सुबोध जी मालिक द्वारा वेटर को डाँटते हुए ले जाने के बाद रोली से, "रोली! देखो तुम बुरा मत मानना, मुझे खुद उस वेटर को डाँटना चाहिए था और मैं तुम्हें बता दूँ कि उसका व्यवहार मुझे बहुत बुरा लगा, पर बचपन से डाँटने-डपटने का दम नहीं है और कभी मुझसे हो भी नहीं पाया। इसलिए मैं अभी सोचने तक ही सीमित रहा कि क्या किया जाए? मैं खुद को कैसे दुनिया से लड़ने के काबिल बनाऊँ, ये मुझे तुमसे ही सीखना होगा।"

रोली अपना पूरा मूड बदलकर हल्का-हल्का मुस्कुराती हुई सुबोध जी

का हाथ पकड़कर, "मुझे इसकी परवाह नहीं कि तुम मेरे लिए लड़े कि नहीं लड़े। देखो! तुमको बॉडीगार्ड नहीं हायर किया है मैंने, प्यार किया है। वैसे भी मैं हूँ न खुद के लिए और तुम्हारे लिए भी मैं ही पर्याप्त हूँ। जब मैंने तुम्हारे soft heart के कारण तुमसे प्यार किया है, तो मैं क्यों आशा करूँ कि तुम लड़ोगे? और यही ऑर्डर भी है मेरा! लड़ना मत कहीं! पुलिस को फोन कर लेना, किसी को बुला लेना। कुछ हो गया मेरे मेंढक को, तो मेरे दिल का क्या होगा? कैसे खुश रहेगा ये?"

सावन रेस्टोरेंट का मालिक अब खुद, "मैडम, ऑर्डर!"

सुबोध जी मालिक के ऑर्डर लेकर चले जाने के बाद बिना हिले-डुले, "तुम्हारी फिलॉसफी सभी लड़कियों से अलग है रोली! अब तो मैं तुम्हारे साथ रहता हूँ, तो सुरक्षित महसूस होता है।"

रोली सामने की कुर्सी पर बैठे सुबोध जी का हाथ पकड़े-पकड़े ही उनकी बगल वाली कुर्सी पर जाकर बैठती हुई, "अच्छा जी वाह! सुबोध जी! बहुत खुलकर बोलना सीख गए हैं आप।"

"मालूम है! तुम्हें क्यों पसंद करते हैं हम, तुम मुझे क्यों अच्छे लगते हो? मेरे महबूब! तुम मुझे खुद से भी मजबूत दिखते हो।" सुबोध जी स्वरचित मैटर ठोंकते हुए।

"अच्छा, तो ई बात है, बॉडीगार्ड की तलाश आपकी पूरी हो गई मुझ पर आकर।" रोली, सुबोध जी का हाथ छोड़कर उनके कँधे पर एक हाथ रखती हुई।

सुबोध जी खुशी से फूल रही साँसों के बीच, "हा-हा-हा यही समझ लो।"

"बताओ मैं कौन?" एक लड़की पीछे से आकर रोली की आँखों को हाथों से ढँकती है।

"अरे महनूर!" रोली उस लड़की के दोनों हाथों को पकड़कर अपनी आँखों से हटाती हुई।

महनूर सामने वाली कुर्सी पर बैठती हुई बोली, "अच्छा, तो यहाँ सीक्रेट मीटिंग चल रही आपकी!"

रोली, सुबोध जी के कंधे से हाथ उतारकर सामान्य होती हुई, "अरे, अब तुमसे सीक्रेट क्या है? तुमसे तो बताया ही था।"

महनूर, सुबोध जी की तरफ देखती हुई, "अच्छा, तो यही हैं सुबोध जी!"

रोली, सुबोध जी की तरफ देखती हुई बोली, "हाँ, यही हैं सुबोध! यह मेरी ग्रेजुऐशन वाले हॉस्टल की रूममेट है, महनूर।"

महनूर ने सुबोध जी की तरफ हाथ बढ़ाया, "हैलो!"

"हाय!" सुबोध जी ने रोली की तरफ देखते हुए हल्के मन से हाथ मिलाया

रोली टेबल पर रखा सुबोध जी का हाथ वापस पकड़ती हुई, "इधर कहाँ से आ गई तू!"

महनूर- "आए थे मार्केट, तो सोचा कुछ खा लिया जाए।"

"चल, गलत टाइम पर ही आई है।" रोली, सुबोध जी की तरफ देखकर हँसती है।

महनूर टेबल पर पड़े सुबोध जी के मोबाइल को उठाती हुई बोली, "जीजा जी, आपके मोबाइल में तो बहुत लॉक लगा है, आईबी का भी कुछ काम करते हैं का, पासवर्ड बताइए न!"

रोली ने हँसते हुए सुबोध जी के पासवर्ड न बताने के कुछ बहाने बनाने से पहले ही महनूर के हाथ से मोबाइल लेते हुए, "का एकदम सीआईडी की लड़कियों वाला काम कर रही, कह रहे न एकदम ok tested माल है।"

महनूर हँसती है, "अरे गजब possesive हो गई हो, मोबाइल भी नहीं छूने दे रही, हम सोचे थोड़ा टेस्ट ड्राइव कर ली जाए।"

"अरे मैडम, test drive क्यों करेंगी, अपनी ही गाड़ी समझिए, चाबी लगाइए और सीधे रूम पर लेते जाइए।" रोली, शरमाते सुबोध जी की तरफ देखकर हँसती है।

लगभग एक घंटे की बातचीत के बाद सुबोध जी, रोली की तरफ बिना पलक झपकाए देखते हुए, "रोली! तुम दोनों बातें करो, मैं हॉस्टल निकलता हूँ, ज्योतिप्रकाश को कपड़ा खरीदवाने साथ जाना होगा।"

"अच्छा चलो! देखो, तुम अभी बिल मत देना। हम लोग अभी कुछ मँगाएँगे, फिर मैं दे दूँगी। हम लोग भी कुछ देर में निकलेंगे ही।" रोली बाय कहकर सुबोध जी को विदा करती है।

"हॉस्टल तक छोड़ आओ! गेट से निकल गया वो, अब तो उधर देखना छोड़ो।" महनूर, सुबोध जी के चले जाने के बाद भी गेट की तरफ देखती

रोली से।

रोली, सुबोध जी के जाने के कुछ देर बाद, "अच्छा है न!"

"तुम जब एकदम ठोंक-पीटकर देख ली हो, तो क्या पूछ रही हमसे!" महनूर पानी की बोतल निकाल पानी पीती है।

रोली गंभीर होती हुई, "अरे, तुमने आँखें तो खोल रखी थीं न! आँखें भी बहुत कुछ बता सकती हैं, जरूरी नहीं कि मोबाइल का पासवर्ड जानकर ही वेरिफिकेशन किया जाए।"

महनूर एकदम मनोवैज्ञानिक जैसे मुखड़े से, "हाँ यार, सही कहती हो, आँख तो खुली ही थीं। आशिक एकदम हाई लेवल का है, दर्द सहने का भी बहुत अनुभव है सुबोध जी को।"

"दर्द कहाँ से देख लिया बे!" रोली महनूर की उलझाऊ बातों से झुंझला जाती है।

महनूर हल्का मुस्कुराती हुई, "अरे, आपके सुबोध जी एक बार अपने हाथ की नस काट चुके हैं। हम ये नहीं कह रहे कि लड़की के लिए ही काटा होगा, बहुत सारी वजहें हैं आजकल जिंदगी से मुँह मोड़ने के लिए।"

रोली एकदम भौंचक होकर, "क्या बकवास कर रही हो!"

अब महनूर भी गंभीर होते हुए, "हाँ, मेरा कहा तो बकवास ही लगेगा न! उसका हाथ मसलने से फुर्सत मिले तब न हाथ देखोगी, दाएँ हाथ की कलाई पर हथेली से एकदम थोड़ा नीचे ही लंबा और काफी पुराना ब्लेड से कटने का निशान है। घाव तो भर गया है, पर ऐसे भरा है जैसे बहुत अंदर तक काटा गया हो और अंदर का हल्का-हल्का मांस बाहर निकलकर जम गया है।"

रोली अपनी कुर्सी से उठते हुए, "पहले क्यों नहीं बताया?"

महनूर भी खड़ी होती हुई, "तुमने बोलने ही कहाँ दिया, पहले ही इन्वेस्टिगेशन से मना कर दिया था।"

रोली, सुबोध जी से फोन पर, "हैलो सुबोध! कहाँ हो? बहुत जल्दी हॉस्टल पहुँच गए! अभी कहीं जाना मत, पंद्रह मिनट में आ रही हूँ। कुछ हुआ नहीं है, आकर बताती हूँ।"

काउंटर पर बिल पूछती महनूर, "अभिए देखेगी! अरे कल देख लेना। जैसे इतने दिन नहीं देखा, वैसे एक दिन और।"

"नहीं-नहीं, अभी देख लूँगी तो सही रहेगा, रातभर नींद तो आएगी।" रोली 500 का नोट काउंटर पर जल्दीबाजी में रखकर बिना गिने वापिस किए गए 117 रुपए बैग में रखती हुई।

"ए ऑटो! चलोगे कमच्छा।" महनूर को साथ लेकर रोली बिना किराया पूछे ही ऑटो में कूदकर बैठ जाती है।

एनी बेसेंट हॉस्टल के गेट पर महनूर, रोली का हाथ पकड़ती हुई, "क्या कर रही हो? बॉयज हॉस्टल है, अंदर ही चली जाओगी क्या! उसको फोन करके यहीं बुलाओ।"

"तू यहीं रुक!" महनूर से हाथ छुड़ाकर रोली तेजी से हॉस्टल में अंदर जाकर तुरंत सीढ़ियाँ चढ़ने लगती है।

अष्टावक्र घबराते हुए, "अरे तुम! रोली! हमारे रूम में कैसे आई? क्या हुआ? हमारा रूम नंबर मालूम था क्या?"

फूलती साँसों के बीच रोली ने जल्दी-जल्दी कहा, "हाँ यार, सुबोध ने बताया था रूम नंबर, स्ट्रक्चर, लोकेशन सब। तुम अब बस फटाक से बाहर जाओ और सुबोध को भेजो जल्दी। घबराओ मत, कोई देखा नहीं है, गेट पर कोई था नहीं।"

अष्टावक्र पानी की बोतल लेकर रूम में घुसते सुबोध जी से, "गेट बंद करो! जल्दी बंद करो!"

"हाथ दिखाओ! दायाँ वाला, दायाँ वाला दिखाओ!" सुबोध जी के कुछ बोलने व समझ पाने से पहले ही रोली झपटकर उनका दायाँ हाथ पकड़ लेती है।

बिना किसी दिक्कत के सुबोध जी रोली को अपना दायाँ हाथ थमाते हुए, "हुआ क्या?"

सुबोध जी के हाथ पर बिल्कुल महनूर द्वारा बताई गई जगह पर भरे घाव के निशान को दिखाती हुई रोली, "ये इतना बड़ा चोट का निशान कैसा है? कभी नस काट लिए थे क्या?"

सुबोध जी फुल कॉन्फिडेंस में बिना घबराए हुए, "काहे नस काटेंगे यार? छोटे थे तो लग गई थी। तुमने कब देख लिया?"

"अच्छा! लग गई थी, मोबाइल दो अपना।" सुबोध जी का हाथ छोड़कर

रोली तुरंत मेज पर पड़ा हुआ मोबाइल उठाती है और तेजी से पासवर्ड आर-ओ-एल-आई डालकर रीसेंट कॉल लॉग में माँ लिखे नंबर पर कॉल करती है।

"किसको फोन लगा रही हो?" सुबोध जी आराम से अपने बेड पर बैठकर रोली के लिए जगह बनाते हुए और मोबाइल को एकदम सही हाथों में रखा हुआ सोचते हुए।

रोली एकदम प्रोफेशनल अंदाज में, "हैलो! क्या आप सुबोध चौबे की माँ बोल रही हैं? मैं उनकी फैकल्टी के स्टूडेंट हेल्थ सेंटर की साइकोलॉजिकल डेवलपर बोल रही हूँ। सुबोध के दाएँ हाथ की कलाई पर एक बड़ा-सा कटने का निशान है, हालाँकि अब भर चुका है, पर कैसे लगा था वह, उसने कभी नस काटी थी क्या?"

"अरे!" अचानक सुबोध जी बिस्तर से खड़े होकर घबराते हुए एकदम रोली के मुँह के पास आकर उसकी आँखों में देखते हुए।

"अच्छा! चारे की मशीन से लग गया था, ठीक है, रखती हूँ तब। नहीं-नहीं, कोई बात नहीं है, सुबोध बिल्कुल सही हैं, कोई चिंता न करें। हम लोगों को विश्वविद्यालय द्वारा यह पता लगाने के लिए रखा गया है कि छात्र किसी प्रकार के तनाव में तो नहीं है।" रोली बात खत्म करके फोन रखकर सुबोध जी के लाए गए पानी को जल्दी-जल्दी पीती है।

रोली द्वारा माँ से प्रोफेशनली बतियाए जाने पर खुशी से इठलाते हुए सुबोध जी, "मुझसे ही पूछ लेती यार! चलो कोई बात नहीं, सच जान गई न, मैं भी तो यही बताता।"

रोली धीरे-धीरे सामान्य हो रही साँसों के बीच से, "चलो, अब मुझे बाहर निकालने का उपाय सोचो, उस टाइम तो बिना सोचे आ गई और संयोगवश कोई देखा भी नहीं, अब तो लग रहा कि पूरा हॉस्टल सीढ़ी पर ही उतर आया है, कितना अधिक चढ़ने-उतरने की आवाज आ रही।"

सुबोध जी बगल के रूम से हेलमेट लाकर, "लो, यह हेलमेट पहनो और यह गमछा लपेट लो ऊपर टी-शर्ट पर, नीचे तो बॉयज टाइप जींस और जूता है कि कोई दिक्कत न होगी।"

"प्रणाम सर!" रोली गेट के बाहर निकलकर दूसरी तरफ देखते-देखते अंदर जाते वार्डन को सलामी ठोंककर अपनी तरफ मोड़ती है।

सुबोध जी की तुरंत हवाई उड़ गई और ऑटो रोली को लेकर फुर्र। वार्डन साहब कन्फ्यूज थे कि लड़की अंदर से बाहर निकली कि यहीं बाहर ही थी। रोली को छोड़ने बाहर आए अष्टावक्र और सुबोध जी से वार्डन अभी कुछ पूछते, उसके पहले ही इन दोनों ने अपने-अपने मोबाइल निकाल लिए और कान पर लगाकर जोर-जोर से पापा प्रणाम, मम्मी प्रणाम कहते हुए बाहर का रास्ता पकड़ लिया।

नोट- भरे-पूरे पाठकों, स्टोरी का मजा लें, बस। ई सोचने में टाइम न वेस्ट करो कि सावन रेस्टोरेंट में सुबोध जी ने कुछ खाया कि नहीं खाया। इधर कहानी चल रही थी और वह साइड में चाँप रहे थे, जैसे फिल्म देखते टाइम सिनेमा हॉल में होता है- हाथ कहीं और, ध्यान कहीं और।

कैंची गुरु- पैचअप एंड ब्रेकअप स्पेशलिस्ट

ज्योतिप्रकाश अचानक रात के ग्यारह बजे जगजीत सिंह के गाने सुनते हुए, "सबका सेटिंग हो गया, सबका सेटिंग हो गया।"

अष्टावक्र चौंकते हुए, "हाँ, तो तुमको का परेशानी हो रही है, तुमको तो ये सब खराब काम लगता है, बकवास है न प्यार-व्यार सब।"

ज्योतिप्रकाश अधीर होते हुए, "का मतलब, मैं आदमी नहीं हूँ! मेरे अंदर दिल नहीं है! मेरा मन नहीं है!"

सुबोध जी, रोली से फोन पर हो रही बातचीत को बीच में रोकते हुए, "हा..हा..हा, अब यह भी लौंडा गया, इसे भी कोई पसंद आ गई।"

अष्टावक्र हाथ की किताब को बंद करके अलमारी में रखते हुए, "अरे, इसे कोई लड़की कैसे पसंद आएगी? इतनी अच्छी लड़की तो इसके लिए चुने थे- दीक्षा राय, थोड़ा भी अप्रोच ही नहीं किया ई।"

"हाँ-हाँ, एकदम पवित्र नारी चुने थे हमरे लिए, स्साला कब की सेटिंग हो रखी थी उसकी आनंद सिंहवा से; एडमिशन लेने के साथ ही सेटिंग कर ली थी जैसे, लग रहा है एडमिशन ही वर्जिनिटी खत्म करने के लिए लिया था।" ज्योतिप्रकाश दाँत पीस-पीसकर चूरा बनने की कोशिश में।

सुबोध जी पॉइंट पर आते हुए, "अच्छा छोड़ो! अब उसको character सर्टिफिकेट मत बाँटो, बताओ कौन लड़की पसंद आई है?"

"हमको कहाँ कोई पसंद आ रही थी, तुम ही लोग ससुरे मेरा दिमाग खराब किए हो, अब दीक्षा राय को किसी और से बतियाते देखता हूँ तो जलन होती है, कसम से पूरा देह सुलग जाता है।" ज्योतिप्रकाश ऐसे रोचकता से, जैसे सेमेस्टर एग्जाम का पेपर लीक कर रहे हों।

अष्टावक्र हँसते हुए सुबोध जी से, "अच्छा! हा..हा..हा, फँस गया रे सुबोधवा! अपना पढ़ाकू, दीक्षवा के चक्कर में।"

सुबोध जी, "अब तुम ही बताओ, तुम क्या चाहते हो? हम लोग किस

प्रकार की मदद कर सकते हैं?"

अष्टावक्र, ज्योतिप्रकाश से, "अरे, अब इससे क्या पूछ रहे हो, कह तो रहा है हम ही लोग आग लगाए हैं। तो जाहिर-सी बात है, बुझाना तो हमें ही पड़ेगा, क्यों साले साहब!"

"हाँ! और नहीं तो क्या!" पहली बार अष्टावक्र द्वारा साला बोले जाने पर भी बिना गुस्सा किए ज्योतिप्रकाश।

सुबोध जी सबसे पहले दिमाग वाली बात करके चिंता व्यक्त करते हुए, "बहुत बड़की वाली चालाक लड़की है दीक्षा राय, कैसे होगा ए अष्टावक्र?"

अष्टावक्र फुल कॉन्फिडेंस से, "करना क्या है, करते हैं कैंची गुरु को हायर और थोड़ा हमें भी मेहनत करना होगा।"

"क्या लगता है अष्टावक्र! कैंची गुरु से काम बन पाएगा।" ज्योतिप्रकाश अपने टूटे हुए खिलौने को जोड़ने को लिए रोते हुए छोटे बच्चे जैसे।

सुबोध जी- "अरे भैया, अब तक जितना कैंची गुरु को हम जान पाए हैं, उससे यही पता चलता है कि अभी तक अपने किसी प्लान में वो फेल नहीं हुए हैं।"

अष्टावक्र- "बस, दिक्कत यही है कि वो सेक्शन बी में पढ़ते हैं और दीक्षा अपने सेक्शन ए में। मतलब घर यूपी में और ठेका नेपाल में। कैसे करेंगे वो? बहुत कठिन है।"

आशापूर्ण स्वर में ज्योतिप्रकाश, "अरे, आजकल ऑनलाइन जमाना है। सब कुछ आसान है, भाई लोग। पिछली बार तो उन्होंने सेक्शन बी की एक लड़की का टाँका एक बाहरी लड़के से भिड़वा दिया, वह भी बिना किसी ठेके के; केवल दोस्ती में।"

सुबोध जी- "अरे! लेकिन तुमसे ऊ डबल लेंगे, कोई परिचय तो है नहीं, दो-दो काम करवाना पड़ेगा- पहला कि दीक्षा राय और आनंद सिंह के रिलेशनशिप पर कैंची चलानी होगी, फिर ठेका देना होगा तुम्हारा टाँका भिड़वाने का।"

अष्टावक्र छिहत्तर नंबर रूम में घुसते ही, "कैंची गुरु की जय हो!"

कैंची गुरु अपने बिस्तर पर लेटे हुए-से बैठते हैं, "अरे सेक्शन ए के त्रिमूर्ति! मेरे रूम में एक साथ, किसका ऑपरेशन करना है हो।"

सुबोध जी कैंची गुरु के सामने कुर्सी पर विराजमान होते हुए, "अरे का बताएँ गुरु, हमरे ज्योतिप्रकाश जी के दिल का बैलेंस शीट गड़बड़ा गया है, अब आप ही कुछ कर सकते हैं।"

कैंची गुरु खुद को पूरा एमबीबीएस समझते हुए, "अच्छा, तो ई बात है! हाँ तो बताइए ज्योतिप्रकाश जी बिना लजाए, बिना शरमाए, कहाँ कैंची चलाना है और कहाँ टाँका मारना है?"

अष्टावक्र, सुबोध जी को आँख मारते हुए, "हाँ ज्योति, तुम ही अपने मुँह से सब सच-सच बताओ। देखो, डॉक्टर और वकील से झूठ नहीं बोलना चाहिए।"

ज्योतिप्रकाश एक साँस में चोट लगने का कारण बताते हुए, "देखिए कैंची जी, हमको कक्षा में किसी लड़की से मतलब नहीं था, आराम से पढ़ना और घूमना हमारा काम था। ई बात इन दोनों नालायकों को अच्छी नहीं लगी। दोनों हमारे लिए सेक्शन ए की ही एक लड़की को चुन दिए और बोले कि डेली एक घंटा बतियाओ। देखने में ठीक-ठाक थी और उसका व्यवहार सब भी ठीक था। वो भी मैथ से थी और हम भी मैथ से। अलग से गणित शिक्षण की कक्षा में भी मिल जाती थी। कुल मिला-जुलाकर हम भी उसको समय देने लगे, वो भी एकदम खुशी-खुशी बतियाने लगी। अब कुछ दिन पहले पता चला है कि उसका एडमिशन समय ही बीएड सेकेंड ईयर वाले आनंद सिंह से टाँका भिड़ गया था, वह अपने हॉस्टल भी आई है, मेस रास्ते। दोनों फिजिकल भी हो चुके हैं।"

कैंची गुरु आश्चर्य से, "अरे उसका नाम तो बताओ, possessive आशिक! अच्छा ई बताइए जब ऊ फिजिकल हो चुकी है, तो अब क्या करेंगे आप उसका?"

ज्योतिप्रकाश- "अरे गुरु, हम वर्जिनिटी को काल्पनिक वस्तु ही मानते हैं। हमको इससे कोई फर्क नहीं पड़ता, बस अब आप उन दोनों के प्यार पर कैंची चलाइए और मेरे घाव पर टाँका लगा दीजिए।"

कैंची गुरु- "अच्छा! बहुत ब्रॉड माइंडेड हो भाई, बहुत अच्छी बात है, पर आप नाम ही नहीं बता रहे लड़की का।"

ज्योतिप्रकाश हँसते अष्टावक्र को घूरते हुए, "अरे, सॉरी-सॉरी, दीक्षा राय

नाम है उसका।"

कैंची गुरु बहुत ही काम के आदमी हैं। एमबीबीएस से कम समझने की गलती न कीजिएगा इन्हें। टाँका और कैंची, दोनों बहुत तेज और सफाई से चलाते हैं। इनके बेचैन और उड़ते मन के कारण कोई लड़की तो फिलहाल इनके चंगुल में नहीं है, पर ये अपने सेक्शन की अधिकांश लड़कियों के दोस्त हैं और दोस्त भी कैसे! भाई-बहन के रिश्ते-सी पवित्रता वाले। खुद को प्रोफेशनल डॉक्टर ही समझते हैं, पूरा हैवी शुल्क लेते हैं इस काम का। कैंची चलाने का तो कम लेते हैं, पर टाँका भिड़ाने का मुश्किल बताकर ज्यादा ले लेते हैं। अपने दोस्तों की सेटिंग तो बस बकरा-मुर्गा की पार्टी पर ही करा देते हैं। लड़कियों में इनकी गहरी पैठ का कारण इनकी छोटी बहन भी है, जो इनके साथ ही सेक्शन बी में पढ़ती है। बाकी आप समझ ही गए होंगे। और हाँ, लड़कियों की मदद करने में भी ये सबसे आगे ही रहते हैं। सुपारी लेकर कैंची चलाते हैं और ठेका लेकर टाँका भिड़वाते हैं। अपनी महिला दोस्तों से भी इस काम में भरपूर मदद लेते हैं। थोड़ी आइसक्रीम-चॉकलेट के एवज में, जिस बंदे की सेटिंग करानी है, उसकी इमेज मेकिंग का काम करवाते हैं।

अथ कैंची गुरु जीवन परिचय।

कैंची गुरु इन तीनों के रूम में घुसते हुए, "ज्योति जी देखिए, आप ही गणित वाले हैं, अपनी मैडम के मोबाइल का न्यूमेरिक पासवर्ड पता कीजिए। मैंने पता कराया, तो पता चला ग्यारह-बारह डिजिट का है, पर किसको इतना जल्दी याद हो! पासवर्ड डालते समय की वीडियो रिकॉर्डिंग कराए हैं, लेकिन इतनी फास्ट है कि बीच के चार अक्षर पता ही नहीं चल रहे।"

अष्टावक्र- "यह होता है एक प्रोफेशनल का काम, कितना शिद्दत से लग गए, पता करो रे ज्योतिया।"

कैंची गुरु, अष्टावक्र से, "का झाड़ू मार रहे गुरु!"

ज्योतिप्रकाश खड़े होकर बड़े ही समान से बेड पर कैंची गुरु के बैठने के लिए जगह बनाते हुए, "मैं आज शाम को आपको बता दूँगा।"

सुबोध जी, "वैसे थोड़ा हमें भी बताएँगे गुरु, ये सब कैसे करते हैं आप?"

कैंची गुरु हँसते हुए, "देखो बच्चा, बस जादू देखो, मेरा टेक्निक जानने की कोशिश न करो। पता चला कल तुम भी एक कैंची गुरु बन जाओगे, फिर

मेरी दुकान तो बंद हो जाएगी।"

सुबोध जी ज्योतिप्रकाश के सिर पर हाथ रखते हुए, "अरे, हर बार एक ही टेक्निक थोड़ी न लगेगी गुरु। ठीक है! आपको विश्वास नहीं है, तो हम ज्योतिप्रकाशवा के सर की कसम खा लेते हैं कि किसी से नहीं बताएँगे।"

ज्योतिप्रकाश घबराकर तुरंत अपने सिर से सुबोध जी का हाथ हटाते हुए, "ए सुबोध! चल भाग, हाथ हटा। तुम्हरा का भरोसा?"

कैंची गुरु- "अरे भाइयो, मैं मजाक कर रहा था। इसमें कसम खाने की जरूरत नहीं। देखिए, मोबाइल का जमाना है, आधा कैंची तो यही चलाए रहता है। पूरा दाल-भात, नून-मर्चा का हर समय खबर जानने की आदत ने आधा मन तो ऐसे ही भर दिया होता है और बाकी का काम हम कर देते हैं। मैं केस हिस्ट्री पता करता हूँ पहले, कि प्यार का लेवल क्या चल रहा? फिर माइनस पॉइंट क्या हैं? परसों अंतिम पेपर है आनंद सिंह का, वह घर जाने वाला है। यह भी सुन रहा हूँ कि वह अब इस रिलेशनशिप से ऊब गया है, क्योंकि अब बीएड तो खत्म, उसको सीटेट की तैयारी करनी है जमके, वरना उसका बेड़ा गर्क हो जाएगा।"

एग्जाम हॉल में जब सब पेपर देने जाते हैं, तो कमरे के बाहर ही एक कोने में अपना-अपना बैग रख देते हैं। ज्योतिप्रकाश ने कैंची गुरु को पूरे बारह अंकों का पासवर्ड बता दिया। एग्जाम टाइम में कैंची गुरु बाहर आए और दीक्षा राय के मोबाइल से आनंद सिंह के नंबर पर एक मैसेज कर दिया। मैसेज ऐसा था कि आनंद सिंह साहेब अपना पेपर खत्म होने की खुशी भूलकर गमगीन हो गए। उनके रूम पार्टनर कैंची गुरु के एमए में क्लासमेट थे, बाकी काम उन्होंने कर दिया। उनको समझाया कि अब छोड़ो इसे, सही लड़की नहीं है, गले का घेंघ बन जाएगी तुम्हारे लिए। कल बताओ केस कर दिया कि शादी का झाँसा देकर शारीरिक शोषण किए हो, तो क्या करोगे? मेडिकल में तो प्रूव हो ही जाएगा। सब मैसेज, फोटो डिलीट करवा दिए और वह फोटो भी जो हॉस्टल के रूम में उसने आनंद सिंह की टी-शर्ट पहनकर खिंचवाई थी। फोन का नंबर भी लॉक करा दिया, facebook, whatsapp, सब लॉक। कहीं वापस लौटने का रास्ता नहीं छोड़ा। इसके पीछे तर्क दिया कि अगर उससे बात करोगे, तो वह अपने एक्सप्लेनेशन से तुम्हें इमोशनल करके convince कर लेगी।

कैंची गुरु पेपर देकर बाहर निकलते ज्योतिप्रकाश से, "कैंची लगा दिए हैं गुरु, बस अब परसों वाले पेपर से मरहम लगाना शुरू कर दो।"

ज्योतिप्रकाश लपलपाती जीभ से, "कैसे गुरु? इतना जल्दी! वाह! तब तो लगता है काम भी जल्दी ही बनवा देंगे।"

कैंची गुरु- "अरे नहीं भाई! अब काम कठिन पड़ेगा और टाइम भी नहीं है, समर वेकेशन बाद लौटना तो पक्का करा देंगे। तोड़ना आसान होता है भाई, जोड़ना कठिन होता है, बाकी तुम Whatsapp ग्रुप से उसका नंबर निकालकर, भर गर्मी मैसेज-मैसेज खेलो, मेरा काम आसान हो जाएगा।"

ज्योतिप्रकाश- "अच्छा यह हुआ कैसे?"

कैंची गुरु अपना मोबाइल ज्योति की तरफ बढ़ाते हुए, "आ गई न वही बात, बिना दवा का नाम जाने हमारा काम नहीं चलता है, ठीक होने भर से मतलब नहीं होता किसी को, लो देखो यह मैसेज, यही भेज दिए हैं तुम्हारी मैडम के मोबाइल से आनंद सिंह के नंबर पर।"

ज्योतिप्रकाश जोर-जोर से बोलकर कैंची गुरु के मोबाइल में मेमो में टाइप मैसेज पढ़ते हुए, "आज रूम में अपने रूम पार्टनर को भी रोक लीजिएगा, आपकी बत्ती बहुत जल्दी गुल हो जाती है, 'अश्व शक्ति' के टैबलेट वाला ट्रांसफॉर्मर लगवाकर वोल्टेज बढ़ाना पड़ेगा आपका।"

कैंची गुरु विषय पर अपनी पैचअप स्पेशलिस्ट वाली विशेषज्ञता दिखाते हुए, "अरे, इतना तेज-तेज क्यों पढ़ रहे? देखो, वो भी पेपर देकर निकल ही रही है, बवाल कराओगे क्या? मैंने उसके मोबाइल से मैसेज डिलीट भी कर दिया है, ठीक है, बाकी थोड़ा बचा के रहना, अभी-अभी उसका नाग मरा है, रोएगी-बिलखेगी कुछ दिन। बाकी उसको लोटने का आदत पड़ गया है, जितना जल्दी चिपक जाओगे, उतना बेहतर होगा। सुखद वैवाहिक जीवन की मंगल कामना! जाकर उससे पूछो अब, पेपर कैसा हुआ है?"

साला! ज्योतिप्रकाश

ज्योतिप्रकाश अपनी माँ से फोन पर, "हैलो मम्मा! मैं ठीक हूँ, आप कैसी हैं? हाँ, आज आखिरी पेपर था न! हॉस्टल पर ही हूँ।"

ज्योतिप्रकाश की मम्मी जी, "तुम्हारे बीएड का एक साल बीतने वाला है। तुमको पता चला कि नहीं, मेरा तो हर दिन साल-साल के बराबर बीत रहा, तुम्हारे बिना घर अच्छा ही नहीं लगता थोड़ा भी।"

"हाँ मम्मा, मुझे भी आप लोगों की बहुत याद आती है, पर यहाँ दिन इतनी जल्दी-जल्दी गुजरते हैं कि पता ही नहीं चलता। लग रहा है कि जैसे कल ही आप और पापा मेरी काउंसलिंग कराने बनारस आए थे।" ज्योतिप्रकाश माँ के साथ-साथ अपने मन को भी बताकर कोसते हुए कि एक साल फालतू ही गुजार दिया।

मम्मी जी इसी मौके का थोड़ा-बहुत इस्तेमाल अपनी और पापा जी की लड़ाई के बारे में बताने के करती हुईं, "बेटा! समय ऐसा ही होता है, बिल्कुल तुम्हारे पापा के मूड जैसा। कब बदल जाता है, पता ही नहीं चलता।"

ज्योतिप्रकाश अपने पापा का पक्ष लेते हुए, "मम्मा, तुम भी न! हमेशा पापा से गुस्सा ही रहती हो। एक बात जानती हो, कोई डाँटने वाला नहीं रहता, तो लगता है कि जिंदगी में कुछ नया नहीं हो रहा। हमें हमारी गलतियाँ बताने वाला कोई नहीं रहता, तो हम लगातार गलत ही करते चले जाते हैं और फिर एक दिन ऐसे हो जाते हैं, जहाँ से वापस लौटना मुमकिन नहीं। अच्छी बातों के लिए भी तो पापा कितना प्यार करते हैं।"

ममा, पापा को फोन देती हैं, "प्यारे पापा के प्यारे बेटे! लो तुम्हारे होनहार आ गए! बात करो!"

ज्योतिप्रकाश कमरे से बाहर निकलकर सामने दो खंभों के बीच कपड़ा डालने वाली रस्सी को एक हाथ से पकड़ते हुए, "गुड इवनिंग पापा! कैसे हैं आप?"

पापा जी, "वेरी गुड इवनिंग बेटा, सब बढ़िया है, बस तुम्हारी बहन के लिए लड़का देख रहे हैं। रोहित चाचा की लड़की है न, जिसकी दो साल पहले गोरखपुर में शादी हुई थी, उसने एक रिश्ता बताया है। लड़का तो अभी पढ़ रहा है, पर बहुत संपन्न परिवार है और लगता है लड़के का बिना सरकारी नौकरी के ही काम चल जाएगा।"

ज्योतिप्रकाश तनाव में रस्सी ऊपर-नीचे करते हुए, "पढ़ने वाले लड़के से शादी! और पापा अभी रोशनिया की उमर ही क्या हुई है, अभी तो वो मुझसे भी पाँच महीना छोटी है, इतनी भी क्या जल्दी है?"

पापा जी, "अरे बेटा, हमें नहीं पता चलता न अपनी उम्र का, तुम्हारी भी उमर अगले महीने तेईस हो जाएगी। घबराओ मत, शादी अभी नहीं करेंगे। लड़का अभी बीएड कर रहा है। उसके बीएड का पहला साल तो लगभग बीत गया है अब एक साल और बाकी है, फिर कर देंगे। लड़के के पापा बता रहे थे कि उनका खुद का एक प्राइवेट स्कूल है, उसी में वो आकर प्रिंसिपल बन जाएगा। पता किया था मैंने, बहुत बड़ा स्कूल है ग्यारह-बारह सौ लड़के पढ़ते हैं।"

ज्योतिप्रकाश कपड़ा फैलाने की रस्सी पर लगभग झूलते हुए, "ठीक है पापा तब, आजकल सरकारी-प्राइवेट में कोई फर्क नहीं है, अब तो सरकारी नौकरी में भी रिटायर होने के बाद पेंशन नहीं मिल रही है, सब बराबर ही है। लेकिन शादी एक साल में नहीं होगी, कम-से-कम डेढ़-दो साल में करेंगे, तब तक रोशनी का भी बीटीसी हो जाएगा, फिर लड़के को भी अपना काम समझने के लिए कुछ समय मिल जाएगा।"

पापा जी, "हाँ, ठीक ही है, जैसा तुम कहो। बाकी लड़की की शादी है, तो लड़के वालों की पसंद का खयाल रखना पड़ता है। वैसे तो कहना नहीं चाहिए, पर जानते ही हो कि बड़े भैया के मरने के बाद रोशनी अपनी जिम्मेदारी है।"

ज्योतिप्रकाश बीच में चौंककर पापा को रोकते हुए, "जिम्मेदारी? चचेरी-चचेरा क्या होता है? बहन है वो मेरी और बेटी है आपकी!"

पापा, "हाँ यार, मैं कहाँ मना कर रहा, मेरे कहने का मतलब यह है कि सबकुछ एकदम सोच-विचारकर, अच्छे से देख-परखकर करना होगा, वरना लोगों को तो जानते ही हो। सगी बेटी हम मानते हैं न, वो थोड़ी न मानेंगे। हम

कितना भी अच्छा कर लें, पर अगर कुछ गड़बड़ हो जाती है तो सब यही कहेंगे कि इसके पापा नहीं हैं, तो इसका किसी ने खयाल नहीं किया।"

ज्योतिप्रकाश, "कहाँ से बीएड कर रहा है वो, कहीं नेपाल से डिग्री तो नहीं खरीद रहा न!"

पापा, "अरे हाँ, तुम्हें बताना ही भूल गए, वो भी तुम्हारी फैकल्टी में ही पढ़ता है। हो सकता है तुम्हारी क्लास में ही हो, बीएड फर्स्ट ईयर में!"

ज्योतिप्रकाश जैसे रस्सी को एकदम तोड़ने की मंशा में खूब जोर-जोर से हिलाते हुए, "कौन? कौन? कौन है वह? क्या यार पापा, पूरी दुनिया में मेरा ही क्लासमेट ही मिला था, फ्रीफंड में पूरी कक्षा का साला बन जाऊँगा। ऐसा करो, आप ये शादी कैंसिल ही कर दो, दूसरा लड़का खोजो।"

पापा- "अपने साथ पढ़ने वाले से बहन की शादी नहीं हो सकती, यह कहाँ कहा गया है? तुमको वहाँ जिंदगीभर थोड़ी न रहना और शादी तो वैसे भी बीएड पूरा होने के बाद होगी। इसमें एक फायदा ये है कि तुम उसके बारे में अच्छी तरह जाँच-परख कर सकते हो। पता करो तो जरा कैसा लड़का है! नाम थोड़ा अटपटा है, पर नाम से क्या मतलब! अष्टावक्र नाम है।"

"अष्टावक्र... !" ज्योतिप्रकाश के पैरों तले जमीन फटती हुई, आसमान से कोई उसके ऊपर मूतते हूए और अधिक तनाव के कारण कपड़ा डालने वाली रस्सी टूटती हुई, सीडी ब्लैंक।

अष्टावक्र तुरंत धोकर लाए हुए कपड़ों से भरी बाल्टी को हाथ में लिए हुए, "कर लिए न अपनी वाली! जब नाहीं तब इसी से लड़ते रहते हो, इतनी खुजली थी तो बता देते, मैं बाजार से पटसन की रस्सी ला देता, सब दर्द दूर कर लेते। अब कपड़े कहाँ डालूँ? चलो, अब नई रस्सी लाकर बाँधो।"

पापा फोन में जोर-जोर से बोलकर ज्योतिप्रकाश की नींद खोलते हुए, "हैलो! हैलो बेटा! आराम से पता करना, कोई जल्दबाजी नहीं है, अब तो गर्मी की छुट्टी होगी तुम्हारी! घर से लौटकर जाना तो पता कर लेना। वैसे, उसे जानते हो कि नहीं?"

ज्योतिप्रकाश लगातार बोलते अष्टावक्र को चुप कराने के लिए अचानक से उसके पैर छूते हुए, "पापा, मैं बाद में बात करता हूँ।"

पापा, "कौन है बेटा बगल में? इतना हल्ला कर रहा, कैसे-कैसे लड़के

पहुँच जाते हैं बीएचयू, इतना भी नहीं पता कि कोई फोन पर बात करे तो शांत रहना चाहिए, न जाने कैसे एडमिशन पा जाते हैं! अच्छा बेटा रखो, बाद में बात करते हैं। हम भी थोड़ा नहाएँगे अब, बहुत गर्मी हो रही इधर, किसी दिन भी बिना दो बार नहाए काम नहीं चलता।"

ज्योति जी फँसती-सी आवाज में, "ठीक है पापा, बाय-बाय!"

अष्टावक्र कपड़े की बाल्टी से कपड़े निकालकर रेलिंग पर डालते हुए, "कौन था साले साहब? ससुर जी थे क्या! पहले न बताना चाहिए था, हम भी हाथ-पैर पकड़ लिए होते।"

ज्योतिप्रकाश वहीं बालकनी के फर्श पर सिर पर हाथ लगाकर बैठते हुए, "भाई तू चुप कर यार!"

जुगाड़-ए-रगड़ा-रगड़ी (महाएपिसोड)

बीएड का पहला साल भिड़ते-भिड़ाते, बोलते-बतियाते, चिढ़ाते-गरियाते, हँसते-हँसाते बीत गया। सेकेंड सेमेस्टर के एग्जाम के बाद हॉस्टल खाली करने का फरमान आया। खलबली मची थी, कौन समान किसके यहाँ रखना है; कैसे नो ड्यूज कराना है; मेस वाले ने स्साला बिल सही नहीं बनाया है, चोर है एकदम क्लर्क भी कम कामचोर नहीं हैं सब, चार बजा नहीं कि घड़ी देखने लगते हैं और पाँच बजते ही ताला बंद करके फरार हो जाते हैं, आदि-आदि क्षणिक समस्याएँ आ गई थीं।

अष्टावक्र पुराने अखबारों को अच्छे से तह लगाकर बेचने के लिए फर्स्ट क्लास करते हुए, "सामानवा कहाँ रख रहे हो बे सुबोधवा?"

सुबोध जी बिना मौसम के भावुकता की बरसात करते हुए, "हम तो रूम लेंगे भाई, हमारे लिए तो छुट्टी का कोई मतलब नहीं, अब कब तक थोड़े-थोड़े दिन के लिए घर जाकर संतुष्ट होया जाए। गर्मी भर यहीं रहेंगे और जमकर पढ़ेंगे। चार साल हो गया बनारस आए हुए, स्साला न जाने कब फाइनली घर जा पाएँगे।"

अष्टावक्र सभी अखबारों को सही करने के बाद ज्योतिप्रकाश की मदद लेकर उन सबको रस्सी से बाँधते हुए, "काहे इतना रो रहे हो बे! जाओ घर, आराम करो, डेढ़ महीना का छुट्टी है। सुबह-शाम घूमना और दुपहरिया में जमके पढ़ लेना। बनारस का गर्मी में पारा कितना हाई रहता है, मालूम है न! इस साल लगन भी बहुत टाइट है, जाओ मजा लो।"

ज्योतिप्रकाश अखबार को बाँधने के बाद बची हुई रस्सी को दाँत से काटते हुए अष्टावक्र से, "हाँ, आपका क्या है प्रिंसिपल साहेब! बाबूजी का खुद का स्कूल है ही, नौकरी तो खोजनी नहीं है, बियाह भी अब एक -डेढ़ साल में हो ही जाएगा, कोई दिक्कत तो है नहीं।"

सुबोध जी, ज्योतिप्रकाश को सपोर्ट करते हुए, "अच्छा, इसका खुद का

स्कूल है! कभी बताए नहीं बे! खैर, शादियों का क्या है, होती ही रहती हैं और अगर हर लगन अटेंड करते रहा जाए, तो पता चला कि अपनी जिंदगी बिना बियाहे के दूसरे की शादी की पूरी खाते-खाते कट जाएगी।"

अष्टावक्र, ज्योतिप्रकाश के जनरल नॉलेज से चौंकते हुए, "मैंने तो कभी बताया ही नहीं कि मेरा स्कूल है या फिर मेरी शादी होने वाली है, तुम्हें कैसे पता चला?"

"अरे...!" ज्योतिप्रकाश अपनी दिन-प्रतिदिन बढ़ती जा रही बड़बोलई के कारण, छुपाने वाली बात निकल जाने पर बात बदलने का बहाना सोचते हुए।

"अरे, कैसी बात करते हो अष्टावक्र! ज्योतिप्रकाश साले साहब हैं आपके, खबर मिल गई होगी विश्वसनीय सूत्रों से।" सुबोध जी मजा लेने के मूड में इस बात से बिल्कुल अनभिज्ञ कि उन्होंने ज्योतिप्रकाश को अपने इस बयान से कितना आराम दिया है।

अष्टावक्र बाँधे गए अखबारों को एक हाथ से उठाकर वजन का अनुमान लगाने की कोशिश करते हुए, "अच्छा ठीक है, हमें क्या है! भर गर्मी पिछवाड़ा सिंकवाओ यहाँ बनारस में। तब कहाँ रूम लेना है? तब तो तुमको भी रुकना ही होगा ज्योति! बैंकिंग का कीड़ा जो अंदर गाना गाता रहता है। दोनों साथ ही रूम क्यों नहीं ले लेते, सस्ता भी पड़ेगा। लंका पर रवींद्रपुरी कॉलोनी में एक 4000 रुपए का, एक कमरे, किचन और अटैच लैट्रिन-बाथरूम का फ्लैट है, कहो तो पता करूँ?"

***

कहानी बुन गई थी, कुछ किरदार तैयार थे और कुछ बेकार। ज्योतिप्रकाश तो सुबोध जी की अचानक उभरी पढ़ाई की तीव्र-इच्छा के लॉजिक को समझ नहीं पाए, पर कहानी अष्टावक्र के टेढ़े दिमाग की पहुँच से दूर नहीं थी। किराए पर कमरा ले लिया गया और बनारसी टेंपो में सारा सामान ठूँसकर दो बार में पटक दिया गया। अष्टावक्र अपने कुछ जरूरी सामान घर ले गए और कुछ सामान जिनकी अगले सत्र में भी जरूरत पड़ने वाली थी, किराए पर लिए गए कमरे में ही रख दिए गए। गले मिलकर ज्योति और सुबोध जी को बाय बोलने के बाद अष्टावक्र ने जाते-जाते अपना काम कर दिया। मकान मालिक एक गुप्ता जी थे, पर उनकी मालिक नए जमाने की, 33-34 की, हर वक्त सूट-

सलवार पहनने वाली बीवी जी थीं। अष्टावक्र ने उनको अच्छे से देखने के बहाने पहले तो नमस्ते की और फिर उन पर एक-टक नजरें टिकाए ही हल्का मुस्काते हुए गार्जियन टाइप कहा कि इन बच्चों को आपके हवाले करता हूँ। जरा देखिएगा, वो सुबोध बहुत चालू चीज है, कोई अपनी हमउम्र लड़की न लेते आए, साथ में खेलने के लिए।

इधर कहानी के खाँचे के मुताबिक, रोली एक महीने के लिए अपनी बचपन की दोस्त के पास भुवनेश्वर जा रही थी, जिसके पापा पहले बनारस में ही नौकरी करते थे, पर पाँच साल पहले उनका ट्रांसफर हो गया था। रोली के भैया दोनों तरफ का रेल का टिकट करा चुके थे, रोली रास्ते भर का खाने का और महीनेभर चबाने का सामान लेकर अपने छोटे भैया द्वारा वाराणसी कैंट स्टेशन पर ट्रेन में बैठा दी गई। रोली ने ट्रेन के मुगलसराय स्टेशन पहुँचने से पहले ही टीसी को खोजकर उसकी लिस्ट में अपनी उपस्थिति दर्ज कराई और फिर मुगलसराय ही उतर गई। सुबोध जी, रोली को रिसीव करने पहले ही स्टेशन पर पहुँचे हुए थे।

सुबोध जी को नए कमरे में रहने के पहले दिन ही लूसेंट सामान्य ज्ञान की खिचड़ी को सुबह से शाम तक पूरी लगन से चाटते, खाते-पीते देख ज्योतिप्रकाश बहुत खुश थे और बहुत मोटिवेट भी हो रहे थे। अचानक शाम को सुबोध जी ने बिना माँगे, गरियाए डोमिनोज में पार्टी देने का एलान किया। ज्योतिप्रकाश अचानक मिलने वाली इस पार्टी के रीजन को खोजते-खोजते दुबले होते जा रहे थे। ज्योतिप्रकाश टेंशन में थे कि ये पार्टी किसी खुशी में दी जा रही या फिर कोई काम निकलवाने के लिए।

Dominozz में घुसते ही रोली स्वागत करने के लिए अपनी सीट पर खड़ी होती हुई, "आओ ज्योति! तुम तो मुझसे बात ही नहीं करते हो।"

"ऐसी कोई बात नहीं है रोली, कोई मौका ही नहीं आया।" ज्योतिप्रकाश सुबोध जी को घूर-घूरकर पूरा प्लान समझने की कोशिश करते हुए।

रोली की तरफ देखकर हँसते हुए सुबोध जी, "जानते हो ज्योति! रोली घर वालों के लिए एक महीने भुवनेश्वर में रहेगी और अभी इस टाइम तो यह ट्रेन में है।"

रोली एक तरह से इंतजाम का जिम्मा ज्योतिप्रकाश पर जबरदस्ती थोपती

है, "हाँ ज्योति, अब एक महीने मैं दिखूँगी नहीं बनारस में, पर अभी तो दिख रही हूँ न! कहीं छुपने का इंतजाम करना होगा।"

ज्योतिप्रकाश चिंता करना शुरू करते हुए, "इंतजाम! वो भी एक महीने का, कहाँ रखवाया जाए?"

सुबोध जी याचना भरी मुस्कुराती नजरों से, "देखो न ज्योति, तुम ही कुछ कर सकते हो।"

रोली, ज्योतिप्रकाश की तरफ देखते हुए भी न देखने जैसा एक्सप्रेशन देती हुई, "अरे, इतना परेशान क्यों हो तुम दोनों? मैं तो कहीं भी रह लूँगी, रेलवे स्टेशन पर, फुटपाथ पर, बीएचयू हॉस्पिटल के मरीजों वाले ग्राउंड पर, मंदिर में, कहीं भी।"

ज्योतिप्रकाश विस्मित होकर, "अरे! यह क्या कह रही हो?"

रोली झूठा गुस्सा दिखाकर, "और नहीं तो क्या! कल ही नया-नया कमरा लिए हो तुम लोग और मुँह ऐसे बना रहे हो, जैसे तुम लोगों का खुद ही कोई रहने का इंतजाम नहीं है, जैसे छुट्टा पशुओं के लिए बने बाड़े में रहते हो।"

"हम लोगों के कमरे में!" ज्योतिप्रकाश एकदम से फटकर गुबारा होने को तैयार आँखों से सुबोध जी को देखते हुए।

सुबोध जी माहौल का प्रेशर लूज करते हुए, "छोड़ो, पिज्जा आ गया, खाया जाए।"

रोली अपने हिस्से का दाँव चलते हुए, "हाँ यार, चलो खाते हैं, ऐसे ही खाते-पीते एक महीना कट जाएगा, पता भी नहीं चलेगा। मैंने खाने के सामानों वाला पूरा एक बोरा जैसा झोला लिया है।"

ज्योतिप्रकाश पिज्जा को बिना इंटरेस्ट के खाते हुए, "मकान मालिक का क्या?"

रोली रहस्यमय योजना का मुखपृष्ठ दिखाती हुई, "अरे, उसकी कोई टेंशन न लो। जैसे दो लड़के रहते हैं, वैसे तीसरा लड़का भी रह जाएगा।"

"हाँ, पर अगर तुम भी वहीं रहोगी, तो ज्योति कमरे पर रह पाएगा? वैसे, मैंने एक बीए में साथ पढ़े लड़के से बात की है, उसका कमरा भी वहीं पास वाली कॉलोनी में है। अगर ज्योति चाहे, तो वहीं से आता-जाता रहेगा। वहाँ एक महीने के लिए एक बेड खाली है।" सुबोध जी धीरे-धीरे अपनी योजनाओं

की किताब का पन्ना खोलते हुए

ज्योतिप्रकाश पूरे केस का सल्यूशन अखबार में निकल जाने के बाद जेम्स बॉण्ड बनते हुए, "बस-बस, मुझे सब समझ में आ गया, तुम्हारी पढ़ाई भी और तुम्हारा घर न जाना भी।"

रोली एकदम चालाकी से ज्योतिप्रकाश को अपने कब्जे में लेती हुई, "गुस्सा तो नहीं हो रहे न यार, समझ रहे न! मैं तो वैसे भी किसी दोस्त के यहाँ रह जाती, पर भाई लोगों को पता चल जाएगा। मुझे सुबोध के साथ रहकर एक-दूसरे को समय देना है, तुम समझ रहे न।"

ज्योतिप्रकाश बात का कोई हल न निकलने से थककर परेशान होते हुए, "हाँ, ठीक है, ठीक है। लेकिन मेरा सब सामान सुबोध ही पहुँचाएगा।"

"हाँ-हाँ, एकदम मेरी जान, आज ही पहुँचा दूँगा।" सुबोध जी, ज्योतिप्रकाश की सहमति से खुश होकर उसके मुँह में पिज्जा की एक और बाइट ठूँसते हुए

इधर आंटी जी की आँखों वाला सीसीटीवी ऑन था। आंटी ने गेट खोला तो पहले-पहले सुबोध जी घुसे, फिर एक दुबला-पतला लड़का काफी हल्की-हल्की मूँछों वाला, गेरुआ बड़ा-सा गमछा लगाए, फुल बाँह का कुर्ता पहने, पैर में गोल्ड-स्टार के जूते फँसाए, अजय देवगन के जमाने-सा चौड़ी मोहरी वाला पैंट पहनकर घुसा, फिर अंत में बिना मूँछों वाले, सॉफ्ट स्किन, राउंड कॉलर, यलो टी-शर्ट पहने, हाथ-पैर पर बिना एक भी बाल के नामो-निशान वाले छरहरे बदन के गोरे-गोरे ज्योतिप्रकाश घुसे। आंटी ने अपने दिमाग को खूब जोर दिया और रिजल्ट निकाला कि पीले टी-शर्ट वाली, यही लड़की हो सकती है, लड़का बनकर घुसना चाहती है। संयोग से ज्योतिप्रकाश के दोनों हाथों में रोली का वही बोरावाला झोला था, जिसे भारी होने के कारण वे उठाकर एकदम सामने छाती से चिपकाकर ले जा रहे थे, इसने आंटी का कन्फ्यूजन चार गुना कर दिया।

आंटी जी ज्योतिप्रकाश को रोकती हैं, "ए मिस्टर, तुम रुको।"

"..........." ज्योतिप्रकाश बिना बोले आंटी के बोलने का इंतजार करते हुए।

आंटी जी, ज्योतिप्रकाश की आवाज सुनने का प्लान बनाती हुईं, "पानी वाला आया था। तुम लोग थे नहीं उस समय, तो मैंने पानी रखवा लिया है,

लेते जाओ।"

"कहाँ है ? पानी कहाँ है ?" सुबोध जी तीसरे लड़के को ऊपर कमरे में जाने का इशारा करके तुरंत आधी सीढ़ियों से आँधी जैसे वापस आकर अकेले पानी का जार उठाते हुए।

आंटी जी का लिंग परीक्षण का प्लान सुबोध जी ने फेल कर दिया। कमरा दूसरी मंजिल पर था और ऊपर जाने की सीढ़ियाँ एकदम आंटी के रूम के बगल से जाती थीं। जब भी कोई ऊपर से नीचे आता या नीचे से ऊपर जाता, तो वे बिलार नजर से हर वक्त देखती रहतीं। उन्होंने ज्योतिप्रकाश को उनकी सॉफ्ट स्किन, बिना दाढ़ी-मूँछों वाले चेहरे व हाथ-पैरों पर एक भी बाल न होने व उनके बड़े-बड़े बाल रखने के शौक की वजह से लड़की मान लिया था। अष्टावक्र की लगाई आग उनके मन को इतनी आँच दे गई थी कि बार-बार वे अपनी तहकीकात की अंतिम पुष्टि ज्योतिप्रकाश की आवाज सुनकर करना चाहती थीं। ज्योतिप्रकाश उसी दिन सुबोध जी के दोस्त के रूम पर चले गए, बात करने का भी कोई अवसर नहीं आया। कभी-कभी जब वो शाम को रोली व सुबोध जी से मिलने आते, तो आंटी जी उनके ऊपर कमरे में चले जाने के बाद चार-पाँच सीढ़ी चढ़कर, कान लगाए, उनकी आवाज सुनने की कोशिश करतीं। उस टाइम तो रोली मैडम का जबरदस्त लेक्चर चल रहा होता था, सो उन्हें बहुत कुछ कन्फर्म होता रहा। ज्योति जी जिस दिन भी आते, रात का खाना खाकर ही जाते। ज्योतिप्रकाश उस दिन डेडली श्योर लड़की हुए, जिस दिन बात करते-करते बहुत रात हो जाने के कारण उन्हें सुबोध व रोली के साथ ही वहीं रातभर रुक ना पड़ा। फिर अगली सुबह ही वे अपने बड़े-बड़े बालों में हेयरबैंड लगाकर, पैरों में परसों की लगी हल्की चोट के कारण थोड़ा लँगड़ाते हुए अपने ठिकाने जाने के लिए नीचे पहुँचे, तो आंटी ने पीछे से देखा। उनका मन ज्योतिप्रकाश को रातभर कमरे पर रुकने के बाद लड़खड़ाते हुए वापस जाता देख चीत्कार कर उठा। उन्होंने खुद से कहा- छोड़ो ससुरों की सीआईडी, जब लड़की को खुद अपने भले-बुरे का कद्र नहीं है, तो क्या करें। अब ज्योतिप्रकाश भी सुबह-सुबह सिर को चूनरवाली गमछी से ढँककर चलेंगे, जिससे कि किनारों पर हेयरबैंड व पीछे से बड़े-बड़े बाल दिख रहे हों, तो भला कोई क्या समझे!

इधर सुबोध जी ही केवल नीचे आते-जाते थे। रोली हरदम कमरे में ही रहती। भोजन व्यवस्था ऐसी थी कि सुबोध जी नाश्ता बाहर से लाते और लंच-डिनर के लिए टिफिन आता। शाम के टाइम में बस चाय बनती, जिसके साथ रोली के द्वारा लाया गया, बोरे जैसे झोले का मैटेरियल परोसा जाता।

"आज से टिफिन-नाश्ता लाना बंद करो, मैं खुद ही सब बनाऊँगी।" रोली चार-पाँच दिन बीतने के बाद एकदम सुबह-सुबह हल्की ठंड लगने पर ओढ़ी गई पतली चादर को पूरे शरीर पर गर्दन तक लपेटती हुई।

सुबोध जी भी अपनी सुबह ही ओढ़ी गई चादर से मुँह बाहर निकालते हुए, "अच्छा जी! इतनी मेहनत क्यों?"

रोली नॉटी अंदाज में, "मेहनत अकेले थोड़ी न करेंगे, तुमको भी मदद करनी होगी। पिकनिक का मजा खुद बनाकर खाने में ही तो है। छोटे भैया का रात में फोन आया था, बोल रहे थे बात कराओ अपनी दोस्त से, मैंने बोला सो रही है, कल करा देंगे। अब आज शाम में तुम्हें अपने चाइनीज मोबाइल के वॉइस चेंजर का कमाल दिखाना होगा।"

"हा-हा-हा, अच्छा ठीक है।" सुबोध जी अपनी चौकी से थोड़ी दूरी पर रखी गई रोली की चौकी पर पैरों से खटखट की आवाज करते हुए।

रोली, सुबोध जी के पैर को प्यार से अपने पैर से हल्का-सा धकेलकर अपनी चौकी पर मारने से मना करते हुए, "यह क्या खटखटा रहे हो सुबोध! बंद करो, अच्छा नहीं लगता मुझे।"

सुबोध जी अपने पैरों को रोली की चौकी से दूर करते हुए, "सुबह-सुबह का समय है, तुम भी अपने कोमल-कोमल पैर मेरे पैर से न छुआओ। मैंने एक दिन अमर उजाला के अंतिम पेज पर एक विदेशी शोध में पढ़ा था कि मर्द सुबह-सुबह ज्यादा बहकते हैं, ज्यादा रोमांटिक होते हैं।"

रोली अपनी चौकी के एकदम किनारे पर खिसककर जान-बूझकर अपने पैरों से सुबोध जी के पैरों को छूती हुई, "अच्छा बेटा! बड़का मर्द बन गए हो, तुम भी बहक रहे हो क्या?"

सुबोध जी अपने पूरे बदन- पैरों, हाथों, घुटनों को रोली के पैरों की छुअन से बचाने के लिए अपनी चौकी के एकदम दूसरे किनारे पर ले जाते हुए, "अरे, ये क्या कर रही, मुझे अजीब सिहरन हो रही है, छोड़ो न!"

रोली मुस्कुराती हुई अपने पैरो की लंबाई को और फैलाने की कोशिश करके सुबोध जी के पैरों को छूने के प्रयास में, "अरे मेरे मेंढक! तुम तो सचमुच आदमी नहीं हो सकते, बताओ! तुम्हारे सामने कोई मादा सेक्स अपील कर रही और तुम टर्र-टर्र कर रहे हो।"

रोली के कोमल पैरों को खुद से दूर करने के लिए अपने हाथों से उसके पैर पकड़ते हुए सुबोध जी, "देखो रोली! अब तुम जो भी मानो, पर मेरे अकेलेपन का फायदा न उठाओ, मेरा जमीर अभी रोमांटिक नहीं होगा, समझी।"

रोली अपने पैरों को वापस मोड़कर सुबोध जी की हथेलियों को हाथों में लेती है, "सुबोध! तुम्हारा तो बहुत मुलायम हाथ है यार!"

सुबोध जी, रोली के नर्म हाथों की नर्म उँगलियों में अपनी उँगलियों के फँसाए जाने पर कोई प्रतिक्रिया न करते हुए, "गजब-गजब बात कर रही हो आज, कोई रोमांटिक सपना देखी हो क्या?"

"हाँ! तुम्हें कैसे मालूम? अच्छा बताते हैं, क्या देखें हैं- जानते हो, तुम और मैं एकदम आमने-सामने पास-पास खड़े थे। तुम पलकें झुकाए थे और मैं तुम्हें देखे जा रही थी। तभी तुम अपना होंठ मेरे आगे करने लगे, मैंने भी अपने होंठों को तुम्हारी तरफ बढ़ाना शुरू किया कि तभी..." सुबोध जी के हाथ के नाखूनों को अपनी हाथ की उँगलियों से एक-एक करके दबाती हुई रोली उनके रोमांच को आसमान में बैठाकर मानो सीढ़ी हटा देती है।

सुबोध जी बेचैनी से, "अरे, तो बताओ न आगे क्या हुआ?"

रोली अपनी हँसी छुपाती हुई, "आगे होना क्या था, एक बाइकवाला एकदम हम लोगों के बगल से तेजी से निकला और फिर उसके पहिए से कीचड़ उठा और तुम्हारे होंठों पर लग गया।"

सुबोध जी थोड़ा डाउन होते उत्साह से, "मतलब? पहिए का कीचड़ मेरे होंठों पर, क्या कह रही हो यार! बात मत बनाओ अब।"

रोली अपनी हँसी को छुपाने के लिए दूसरी तरफ देखती है, "अरे गजब ढाते हो, तुम भी बताओ, अब मैं कीचड़ वाले होंठों पर कैसे किस करती।"

सुबोध जी एकदम ठंडेपन से, "अरे यार! मैं किस करने को कहाँ कह रहा, मेरे कहने का मतलब ये कि बाइक के टायर में अर्जुन का धनुष था क्या,

जिसने कीचड़ को निशाना साधकर मेरे होंठों पर दे मारा। मतलब पूरा थोबड़ा बच गया पर होंठ ही...।"

रोली बात को पूरा करके जोर-जोर से हँसती है, "अरे नहीं जी! तुम मेंढक थे न सपने में और मैं मेंढकी, इसलिए भीगे तो दोनों लोग थे, पर उस पहिए की सुनामी से कीचड़ तो बस तुम्हारे होंठों पर लगा था, वरना पक्का किस कर देती मेरे मेंढक!"

सुबोध जी इस मनगढ़ंत कहानी को सुनकर झुँझलाते हुए व झूठा गुस्सा दिखाकर बिस्तर से उठते हुए, "नहीं चाहिए तुम्हारा किस।"

कमरे में सैटल होने के पहले ही सुबोध जी ने खुद के लिए कुछ काम किए और कुछ नियम बनाए। इनमें कुछ नियम खुद को नियंत्रित करने के लिए थे और कुछ कूल दिखने के लिए। पहले-पहल तो उन्होंने कुछ बॉलीवुड-हॉलीवुड फिल्मे देखीं, जिनमें कुँवारा लड़का और लड़की एक साथ एक कमरे में रहते हैं और कुछ प्रेमपरक उपन्यास भी मेंशन किए, फिर जाकर निष्कर्ष निकाला जो निम्नलिखित हैं-

1) सोने की पोजीशन पर ध्यान देना है। टेढ़ा-मेढ़ा होकर, पेट के बल लेटकर या कमर खूब ऊपर करके नहीं सोना है।

2) छोटे-छोटे छेदों वाले, बिना ब्रांड के आसमानी अंडरवियरों और सफेद बनियानों को फेंककर जॉकी की रंगीन बनियान व काले रंग का अंडरवियर लाना होगा। क्षमा करें, पुराने वाले भी फेंके नहीं जाएँगे, अंदर रख लिए जाएँगे, हॉस्टल वापस आने के बाद काम तो देंगे ही।

3) पादने के मामले में भी सावधानी बरतनी होगी। रोली से दूर जाकर प्रेशर लूज करना होगा या फिर अगर उठने में आलस आ रहा, तो कैसे भी करके ऑन द स्पॉट दबा देना होगा।

4) अगर कहीं खुजली होती है, तो वह भी स्मार्ट तरीके से करनी है। आँख बंद करके, शून्य में खोकर, एकदम लगातार दनादन हार्वेस्टर नहीं चलाना है। थोड़ी खुजली की और फिर रुक गए, फिर अंतराल-अंतराल पर सभ्यता से करते रहे। अगर रोली के सामने न करना पड़े तो ज्यादा अच्छा है। और हाँ, अगर बहुत बेचैनी है, तो फिर कहीं कोने में या बाथरूम में जाकर मनभर खुजा लो।

5) पैरों के बीच के गैप को डबल एक्सएल (XXL) लार्ज फैलाकर नहीं बैठना है।

6) भोजन करते समय भी सावधानी बरतनी है, खूब जल्दी-जल्दी नहीं खाना है, ऐसे नहीं जैसे लगे कि पहली बार मिला है। एक और जरूरी बात, पशुओं जैसे गिरा-गिराकर नहीं खाना है।

7) कमरे पर बिना टी-शर्ट के कभी नहीं रहना है, क्योंकि थोड़ा-सा निकला हुआ पेट सब गड़बड़ कर सकता है।

8) नाश्ते को नाश्ते जैसा करना है, भरपेट नहीं चाँप देना है।

9) भोजन को मेस जैसे गटई तक पेलकर नहीं खाना है।

10) हर दिन नहाना है और कोशिश यही रहे कि अपना अंडरवियर नहाने के तुरंत बाद अच्छे से साबुन लगाकर धो दिया जाए।

11) सबसे जरूरी बात, किसी भी रोमांटिक सीन के निर्माण में खुद पहल नहीं करनी और अगर रोली पहल भी करती है, तो दो-तीन दिन टाल-मटोल करना है।

12) रोली को बात-बात में टच करने की कोशिश नहीं करनी है।

13) दोनों लोगों के बेड अलग-अलग होंगे। मतलब कमरे में पड़ी चौकियों के बीच एक हाथ का गैप होगा, ज्यादा गैप भी नहीं, क्योंकि तब बातें तेज-तेज होंगी और पूरा मोहल्ला जान जाएगा।

इन सब नियमों को सुबोध जी ने अपने मोबाइल में मेमो में टाइप करके रख लिया था। याद रखने के लिए बीच-बीच में देख लेते थे व कोई और नियम भी याद आ जाए, तो तुरंत टाइप करके शामिल कर लेते थे। रोली के साथ मिलकर लंच, डिनर, ब्रेकफास्ट तैयार करवाते और फिर रोली बहुत प्यार से सबकुछ इन्हीं से परोसवाती। चाहे कोई भी व्यंजन हो, सुबोध जी अच्छा मैटेरियल रोली को ही ज्यादा दे देते, जैसे- मटर पनीर में पनीर, रोटियों में सबसे गोल व सबसे सुंदर रोटी, ब्रेड-बटर में ज्यादा बटर वाला ब्रेड, चूड़ा-मटर में मटर। और हर बार रोली इनके त्याग को भाँप जाती और फिर उस मैटेरियल को खुद अपने हाथ से इन्हें खिला देती। इस तरफ बिना शादी-याह के ही सुबोध जी गृहस्थी का मजा ले रहे थे।

रोली के भैया फोन पर, "तुमने अब तक वहाँ की कोई सेल्फी नहीं

लगाई।"

रोली झूठ बोलती है, "हाँ भाई, लगा नहीं पाई अब तक, क्या बताऊँ! एक भी सेल्फी ले ही नहीं पाई अभी तक। सोनी की एक दादी जी थीं, मर गई हैं, बहुत रोना-रोहट मचा हुआ है, फालतू ही इस टाइम आ गए।"

रोली के भैया, "तो फिर आज ही दूसरा टिकट भेज देता हूँ, वापस आ जाओ। कभी और चली जाना, तुम्हारे बिना घर बहुत सूना लग रहा है।"

रोली भैया द्वारा अचानक वापस बुलाने के प्रस्ताव से घबराकर उलझाने वाली बातें करती हुई, "अरे नहीं भैया, क्या कहेगी वो! मैंने उसे कह दिया है कि महीने बाद का टिकट है। मुझे भी आप लोगों की बहुत याद आ रही है, पर अब कितना दिन है ही, अठारह दिन ही तो बस बाकी हैं। अभी चली आऊँगी, तो सोनी कहेगी कि कठिन समय में भाग गई; दादी को बहुत मानते थे सब, बीस हजार पेंशन पाती थी न!"

भैया थोड़ी भारी आवाज में, "अठारह दिन को बस थोड़े दिन कह रही हो, घर की दीवारें भी तुम्हारी दनदनाती गोलियों-सी आवाज को मिस कर रही हैं।"

रोली गंभीर होकर बाय कहकर फोन रख देती है, "भैया, बस चुटकी में समय निकल जाएगा, अब रखिए फोन, लगता है आप मेरा कभी न रोने का रिकॉर्ड तुड़वाएँगे।"

सुबोध जी जार का पानी पेप्सी की बॉटल में निकालते हुए, "भैया थे क्या?"

रोली एकदम शांत चेहरे से, "हाँ यार, मुझसे अब नहीं रह जाएगा यहाँ, भैया रो रहे थे।"

सुबोध जी पूरा सपोर्ट करते हुए, "अच्छा! ठीक है फिर जैसा तुम कहो, क्या करना है अब!"

"जानते हो! इन ग्यारह-बारह दिनों में मैंने बहुत कुछ सीखा है। जब ग्रेजुऐशन में थी, तब क्लासेस ज्यादा चलती थीं तो महिला महाविद्यालय के हॉस्टल में ही रहती थी। शुरू-शुरू में घर से ही आने की कोशिश की, पर नहीं हो पाया। चौका घाट से लंका आठ किलोमीटर और आठ किलोमीटर वापस लंका से चौका घाट, कुल मिलाकर सोलह किमी हो जाते थे, थक जाती थे। छोटे भैया हर शाम लंका हमसे मिलने आते थे और फिर मैं हर शुक्रवार को

उनके साथ शाम में घर चली जाती थी, तब बीएचयू में हफ्ते में पाँच दिन ही क्लास चलती थी। पाँच दिन से ज्यादा घर से दूर कभी नहीं रही यार। कभी-कभी कहीं जाती भी थी, तो भैया लोगों के साथ ही जाती थी। अरे, तीन लोगों की ही फैमिली है बस, दूर रहना कठिन है यार! पर जाऊँगी नहीं मैं अभी। वह काम भी क्या काम है जो आसानी से हो। एक बात और है मेरे मेंढक, जो इन दस-बारह दिनों में मुझे समझ में आई है।" रोली पूरी बात गंभीरता से बोल रही थी।

सुबोध जी उत्सुकता दिखाते हुए, "यस टाइगर! बोलो-बोलो।"

"आगे तुम मेरी समझ को गलत साबित कर दो तो पता नहीं, पर मुझे तुमसे अच्छा लाइफ पार्टनर मिलना मुश्किल है। तुम हर बात में एडजस्ट करने को तैयार रहते हो। पर ये भी अच्छा नहीं, थोड़ा मुझ पर रूल किया करो। ठीक है, भैया लोगों की बिगाड़ी हूँ, ऐसे थोड़ी न जल्दी सुधर जाऊँगी। मैं यहाँ आने से पहले सोचती थी कि चलो, टाइमपास कर लेते हैं, बाकी शादी किसी और से करेंगे। पर दूसरा कैसा होगा, यह मालूम करना बहुत मुश्किल होता है। अब सबके साथ रहकर चेक नहीं न कर सकती।" रोली तूफान के आने से पहले छाए सन्नाटे वाले चेहरे से।

सुबोध जी माहौल के अनुसार खुद को ढालते हुए, "जानती हो रोली! लाइफ पार्टनर कोई दूसरे जहाँ के लोग नहीं बनते हैं, वे हमारे आसपास के ही होते हैं। बस इनाम के कूपन वाली बात है, जब तक सिल्वर कोटेड कोड को स्क्रेच करके देखा नहीं, तब तक मन में रहता है कि अंदर न जाने क्या लिखा होगा। अब अगर कूपन बेचने वाला बेचारा टुटही साइकिल से आकर दुकान खोलता है, तो अंदर मोटरसाइकिल तो निकलेगी नहीं। अगर खुद का दिल चिल्ला-चिल्लाकर ये कह रहा कि गुरु! तुम घोड़े वाले राजकुमार नहीं हो, तुम गधे वाले सैनिक हो, तो फिर चाँद के पार से परी थोड़ी न उतरेगी। हाँ, पर अगर तुम मेरे ऊपर रहम दिखाती हो, तो मुझे भी यही लगेगा कि मेरे लिए भी आसमाँ से परी उतरकर आई।"

रोली अपने चिरपरिचित अंदाज में माहौल को खुशनुमा बनाती हुई, "अरे वाह! अब मैं परी बनूँगी, तब तो मेरे सुंदर-सुंदर पंख भी उगेंगे। मेरे मेंढक! मुझे जमीन पर ही रहने दो, कहीं ऐसा न हो कि तुम मेरे पंख लगाकर मुझे

अपने से दूर उड़ा दो।"

रोली अपने चिरपरिचित अंदाज में माहौल को खुशनुमा बनाती हुई, "जब हम एक-दूसरे की अच्छाइयों को जानने लगते हैं, तो समझ में आता है कि सामने वाला ये जो थोड़ी-बहुत गलतियाँ कर रहा है, वे तो कुछ भी नहीं हैं। ये न रहें, तो भी जिंदगी नीरस हो जाएगी। प्यार, जानती हो दुनिया की वह सच्चाई है, जिसे कहीं-न-कहीं, कभी-न-कभी सब स्वीकार करते हैं। और हाँ, एक और बात, तुम्हारे पंख नहीं उगेंगे टाइगर, तुम्हारे तो नुकीले दाँत जमेंगे और एक प्यारी-सी पूँछ उगेगी।" सुबोध जी पहली बार रोली को जमकर चिढ़ाते हुए।

"अच्छा मेरे मेंढक! बहुत टर्र-टर्र कर रहे। मुझे टाइगर नहीं बनना, अब मुझे भी तुम्हारे जैसे ही मेंढकी बनके तुम्हें प्यार करना है। सोचो, पानी में हमारा रोमांस होगा, कितना मजा आएगा।" रोली अपनी जगह से उठकर बेड के नीचे पैर झुलाए बैठे सुबोध जी के पैरों पर खड़ी होकर एकदम टाइगर-सा मुँह बनाकर सुबोध जी के होंठों पर अपने होंठों से प्रहार करती है।

"अरे वाह!" सुबोध जी मुँह के बीस-पच्चीस सेकेंड बंद रहने के बाद साँस लेने लायक स्पेस मिलने पर।

"चुप रहो एक दम, तुमको नहीं मालूम प्यार करते समय बात नहीं करते।" रोली फिर सुबोध जी के मुँह को बंद करती हुई।

सुबोध जी रोली की तरफ से की गई पहल से बहुत खुश थे, पर वे आगे नहीं बढ़ना चाहते थे। हालाँकि उनके एक बिना गर्लफ्रेंड के अनुभवी बनने वाले लंगोटिया यार ने बताया था कि अगर किसी लड़की से फिजिकल होने में सफल हो जाते हो, तो उसके बाद पीछे-पीछे भागने की जिम्मेदारी उसकी होगी; पर सुबोध जी को इसी बात का डर लग रहा था कि अगर वे अभी आगे कदम बढ़ा देते हैं, तो बार-बार फिजिकल होंगे और फिर कहीं किसी दिन मन भर गया, ऊबन हो गई, तो क्या होगा? एक और बात संतोष नहीं दे रही थी कि अगर कहीं फिजिकल होने के बाद रोली उनके पीछे-पीछे भागेगी, तो कितना उल्टा-पुल्टा लगेगा। सुबोध जी सोचने लगे कि हमने तो उस रोली से प्यार किया है, जो मुझे अपने पीछे भगाती है। नहीं-नहीं, यह अच्छा नहीं है। वह जैसी है, वैसी ही रहने दो। उन्होंने अपने नियमों की लिस्ट में एक और बात जोड़ी कि रोली कितनी भी पहल करे, फिजिकल नहीं होना है। और मोबाइल के मेमो

में पूरे विस्तार से लिखकर नए पासवर्ड से लॉक कर दिया।

रोली सुबह-सुबह नहाकर आने के बाद अपने छोटे हो चुके बालों को नया लुक देने के लिए मिरर में देखकर बालों को बार-बार बनाती-बिगाड़ती हुई, "तुम पूजा नहीं करते हो क्या? एक भी भगवान जी का फोटो या मूर्ति नहीं है तुम्हारे पास?"

सुबोध जी अपने चौकी पर लेटे-लेटे ही मिरर में रोली के चेहरे को देखने की कोशिश करते हुए, "अरे मैं लाया हूँ, एक हनुमान चालीसा की किताब है मेरे पास, पर बीएड में आने के बाद मैं उसे एक भी बार देख नहीं पाया। उस किताब में एक छोटा फोटो भी है हनुमान जी का, प्लेइंग कार्ड साइज वाला।"

रोली शीशे में देख रहे सुबोध जी की नजरों को भाँपकर उनकी तरफ बिना मुड़े ही शीशे में ही आँख मारकर दिखाती हुई, "अच्छा, हनुमान जी के भक्त हो, सही है गुरु! लगता है आपके ब्रह्मचर्य के मजबूत फाटक का बरियार ताला हनुमान चालीसा ही है।"

सुबोध जी, रोली की आँखों की क्रिया की प्रतिक्रिया में मुस्कुराते हुए, "हा-हा-हा, जय हनुमान जी! वैसे तुम किसकी पूजा करती हो या फिर नहीं ही करती हो?"

रोली बालों को नया लुक देकर सुबोध जी की तरफ उन्हें मुड़कर दिखाने का उपक्रम करती हुई, "मैं! गणेश जी फेवरेट हैं मेरे। जानते हो, दो छोटी-छोटी, प्यारी-प्यारी मूर्तियाँ रखी हैं मैंने उनकी। दोनों को बराबर प्यार देती हूँ। बहुत कूल लगते हैं यार मुझे। देखते नहीं, हर शादी के कार्ड पर सबसे ऊपर ही होते हैं। खुशी के, मिलन के, उत्सव के, देवता हैं वे। मुझे तो बचपन से ही इतने अच्छे लगते थे कि जब भी घर में शादी का कोई कार्ड आता था, तो मैं उसमें से उनका फोटो निकाल लेती थी। मालूम तुम्हें, एक बार बड़े भैया मेरी इसी आदत के कारण बहुत परेशान हुए थे। कानपुर से एक शादी का कार्ड आया था और उन्हें वहाँ जाना था। वो जगह तो नहीं देखे थे, पर जाते समय कार्ड बैग में रख लिए कि वहाँ कार्ड पर लिखा पता पूछकर पहुँच जाएँगे। पर इधर तो मैंने उसमें से गणेश जी का फोटो निकालने के चक्कर में वहाँ का पता भी निकाल दिया था, जो ठीक फोटू के बैकसाइड में था। भैया को बिना बरात किए रेलवे स्टेशन से ही वापस लौटना पड़ा। बहुत पहले की बात है न,

मैं बहुत छोटी थी उस समय, फोन तो इक्का-दुक्का ही दिखते थे और फिर दूर के रिश्तेदारों का नंबर किसको याद रहता है।"

सुबोध जी ने मुस्कुराकर हाथ के अँगूठे और उसके पास की उँगली को मोड़कर गोल किया और शेष तीन उँगलियों को एक सरल रेखा में खड़ा ही छोड़कर रोली की नई हेयर स्टाइल की तारीफ करते हुए, "भैया गुस्साए नहीं?"

रोली फटाक से आकर बेड पर पालथी मारकर बैठे सुबोध जी के घुटनों पर सिर रखकर लेटती हुई, "अरे, बड़े भैया तो बहुत डाँटे, पर करते भी क्या सबसे छोटी जो ठहरी। हाँ, छोटे भैया ने बहुत प्यार से समझाया, बोले कि बेटा, किसी की शादी का कार्ड नहीं फाड़ते, उसके लिए बुरा होता है।"

रोली के हल्के गीले बालों पर हाथ रखते हुए सुबोध जी, "अच्छा! अब तो नहीं काटती न गणेश जी का फोटू?"

"नहीं, अब नहीं काटती पर अगर कहीं चिपकाया गया है, ऊपर कार्ड पर इनबिल्ड नहीं है, तो उकाच लेती हूँ।" रोली तुरंत के बनाए बालों को सुबोध जी द्वारा बिगाड़ने की कोशिश करने पर भी कोई प्रतिक्रिया नहीं देती है।

सुबोध जी रोली के बिगाड़े हुए बालों में उँगलियाँ चलाते हुए, "अच्छा! गणेश जी की दोनों मूर्तियों को बराबर प्यार वाली बात मेरी समझ में नहीं आई। रियल लाइफ में अगर आप किसी से प्यार करते हैं और ठीक उसी के मन जैसा, दिल जैसा, उसके जितना ही प्यार देने वाला आ जाए, तो क्या उससे भी प्यार हो जाएगा?"

रोली, सुबोध जी का प्रश्न टालने की कोशिश करती हुई, "मेरे बाल तेजी जी से बढ़ रहे हैं न?"

सुबोध जी उत्तर पाने के लिए दुबारा बुद्धि लगाते हुए, "अगर उतना ही प्यार करने वाला है, तो पुराना संबंध क्या तोड़ना! मुझे तो उससे कतई प्यार नहीं होगा। अरे, कक्षा आठ के प्रॉफिट एंड लॉस चैप्टर का वह दुकानदार वाला प्रश्न याद है न, जिसमें वह हजार रुपए का सामान लेकर हजार रुपए में ही बेचता है। तब कैसे पूरी क्लास न लाभ होगा न हानि होगी बताकर खड़ी हो गई थी, तब जाकर सर जी बताए थे कि उसे हानि होगी, क्योंकि इस दौरान उसका आने-जाने का व सामान बेचने के प्रबंध का खर्च भी तो लगेगा।"

रोली सुबोध जी के बार-बार उकसाने पर उनकी गोद से सिर उठाती हुई, "अच्छा, बराबरी तक तो ठीक है, पर अगर सच में कोई मुझसे ज्यादा प्यार करने वाला आ जाए, तो क्या तुम मुझे भूल जाओगे?"

सुबोध जी वापस कुर्सी पर बैठते हुए, "यह कैसा प्रश्न है! ये बताओ तुम्हें मालूम है क्या कि तुम मुझसे कितना प्यार करती हो?"

रोली हल्का हँसती हुई, "अब मैं तो जितना भी करती हूँ, तुमसे ही करती हूँ। अब तुम्हारे पास कोई तराजू हो, तो बता दो मुझे भी कि मेरा लव कै किलो का है।"

सुबोध जी- "हाँ, तो अब जब तराजू मेरे ही पास है, तो मेरे मापने में तुमसे ज्यादा प्यार मुझे कोई नहीं कर सकता।"

रोली पहली बार निरुत्तर होकर बात बदलती है, "क्या नाश्ता बनेगा इस टाइम?"

सुबोध जी बैकटू बैक चौका मारते हुए, "आज तो मुझे बातें ही खिलाओ न, मैं ब्रेकफास्ट, लंच, डिनर में लगातार खाऊँगा।"

एक महीना कैसे कट गया, पता ही नहीं चला। बेशक, रोली और सुबोध जी का शारीरिक मिलन नहीं हुआ था, पर मन, आत्मा, दिल व आगे-पीछे के जीवन की बातें- सबकी पलटी हो गई थी। दोनों ने एक-दूसरे के दिल की सुनी, एक-दूसरे के सपने जाने व साथ रहने के सपने भी देखे, फिर उन पर एक झीना पर्दा भी डाल दिया। वह दिन आ ही गया, जब ज्योतिप्रकाश अपने सामान के साथ आ गए और अष्टावक्र भी बस कुछ ही पलों में आने वाले थे। आज फ्लैट छोड़कर रोली को मुगलसराय स्टेशन से वापसी की गाड़ी पकड़नी थी, क्योंकि उसके भैया ने कहा था कि बाबू! तुम खुद नीचे मत उतरना, गाड़ी का लास्ट स्टॉपेज कैंट ही है; मैं खुद सीट पर रिसीव कर लूँगा। सुबोध जी, अष्टावक्र और ज्योतिप्रकाश को तो हॉस्टल जाना था, क्योंकि तीसरा सेमेस्टर शुरू हो गया था। रोली ने सारा सामान पैक कर लिया था, कुछ छोड़ना तो था नहीं, सब ले ही जाना था; छूट गया तो सिर्फ एक-साथ रहने का एहसास, जो न जाने अब वापस मिलेगा कि नहीं। सुबोध जी और रोली को दुख तो बहुत था, पर तसल्ली इसी बात की थी कि एक हफ्ते बाद ही दोनों की टीचिंग की इंटर्नशिप होने वाली थी; वो भी एक ही जगह- रणवीर संस्कृत विद्यालय में।

अष्टावक्र भी कैंट स्टेशन से ऑटो पकड़ आ ही रहे थे, उन्होंने सुबोध जी को फोन करके बताया कि जिस ऑटो से वे लंका आ रहे, उसी को वापस कमरे से हॉस्टल सामान पहुँचाने के लिए बुक कर लिया है।

सुबोध जी, रोली की तरफ देखते हुए, "अष्टावक्र ऑटो लेकर आ रहा है, ज्योति।"

ज्योतिप्रकाश सभी सामानों के बैग और किताबों के कार्टून गिनते हुए, "और क्या प्लान है सुबोध जी! पूरा छुट्टी तो हम लोग यहीं काट दिए और अब तो एक हफ्ते में टीचिंग भी चालू हो रही है। उसमें तो एक दिन की भी फुर्सत नहीं मिलने वाली है। हम सोचते हैं, परसों तीन-चार दिनों के लिए घर निकल जाएँ।"

सुबोध जी पूरी दृढ़ता से, "मैं तो कल ही जा रहा पाँच दिन के लिए। बस, हॉस्टल में आज ही रूम अलॉटमेंट हो जाए तो काम बन जाए।"

ज्योतिप्रकाश एक मजबूत-सा बैग देखकर उस पर बैठते हुए, "वाह गुरु! तुम तो बहुत तेज निकले। घबराओ मत, आज हो जाएगा अलॉटमेंट और अगर नहीं भी होगा तो हम लोग हैं न, तुम्हारा भी करा देंगे, रहना तो हम लोगों को एक ही रूम में है। तुम अब अगर सोच लिए हो, तो कल निकल ही जाओ।"

अष्टावक्र सीढ़ी पर चढ़ने के थोड़ा पहले, "आंटी! कुछ घोटाला तो नहीं हुआ न!"

आंटी जी ज्योतिप्रकाश को लड़की बताती हुई, "अरे, आजकल के लड़कों को कोई कंट्रोल कर सकता है क्या! जिस दिन तुम सामान रखवाकर चले गए, उसी दिन एक गोरी-गोरी लड़की आई थी और अगले दिन सुबह ही चली गई, बीच-बीच में भी आती रहती थी, देखो आज भी आई है, अभी तक नीचे नहीं उतरी। छोड़ो, जब लड़कियों को अपनी फिकर नहीं है, तो हमें क्या।"

अष्टावक्र- "लड़की का नाम तो बोलते हुए सुना होगा न आपने?"

आंटी जी एकदम विश्वासपात्र मुखबिर जैसे, "ज्योति नाम है उसका।"

"अच्छा आंटी, अभी खबर लेता हूँ मैं उनकी।" अष्टावक्र ज्योति नाम सुनकर केस को हल्का-हल्का समझने में सफलता पाकर भीतर ही भीतर हँसते हुए।

सब हाथों में सामान लिए उतर रहे थे। आज तीसरा लड़का भी नीचे

उतरा, उसने हाथों में मग-बाल्टी जैसी हल्की चीजें पकड़ी हुई थीं। आंटी जी अपने कमरे से ही ज्योति नामक गोरी लड़की को खोज रही थीं। ऊपर जाने के बाद अष्टावक्र ने आंटी से हुए संवाद की विश्लेषण सहित व्याख्या की थी। ज्योतिप्रकाश अब जब सीढ़ियों से नीचे उतरे, तो दोनों हाथों में बड़े-बड़े बैग लटकाए हुए, ऊपर बिना बनियान पहने ही उतरे और आंटी जी की सारी जासूसी वाली मेहनत को फेल कर दिया। तीसरे लड़के ने एक हाथ में बाल्टी पकड़े हुए ही दूसरे हाथ से वहीं सीढ़ियों से उतरते ही सामने पड़ने वाले फ्रिज के ऊपर रखे एक सेब को उठा लिया। तभी लड़के की नजर इस हरकत को अपने बड़ी-बड़ी आँखों से क्लिक करती आंटी पर पड़ गई और उसने सेब वापस रखने के लिए हाथ बढ़ाया कि आंटी जी ने अपने रूम से ही हँसते हुए कहा- ले लो, ले लो, कोई बात नहीं; खाने के लिए ही तो है, और है फ्रिज में, दूँ क्या ? जवाब में लड़के ने केवल बड़ी-सी मुस्कान फेंकी और उस मुस्कान से होठों का एंगल बदल गया। लड़के के चेहरे से कुछ नीचे गिरा, फिर वह तेजी से उस चीज को बिना उठाए बाहर चला गया। आंटी जी के हृदय में कमरा छोड़ते किराएदारों के लिए ओवरवेटेड अपनापन, करोड़ी वात्सल्य व प्यार उमड़ रहा था, जिसके प्रदर्शन के लिए उन्होंने थोड़ी भी देर नहीं की और अपने कमरे से निकलकर उस गिरे हुए सामान को देने के लिए उठाया। एक बार उस सामान को देखा और एक बार सबके बाहर निकल जाने के बाद बंद होते गेट को देखा, उन्हें अपनी सारी पढ़ाई-लिखाई फेल नजर आने लगी। उन्होंने हाथ में पकड़े मूँछ के आकार में बालों के गुच्छे को गुस्से में नीचे फेंक दिया और उसके साथ ही उनका अपनापन, प्यार, वात्सल्य सब झड़ गया। दिल में बस यही फीलिंग आई कि मकान मालिक को किराएदारों से कोई लगाव नहीं रखना चाहिए।

यात्रीगण कृपया ध्यान दें!

सुबोध जी नाक पर रुमाल लगाते हुए जनरल डिबे में, "हैलो! हैलो! हाँ, अष्टावक्र! टरेनवा तो मिल गया है, पर बहुत गंजन है यार, गेट पर लटका हूँ।"

डॉ. एनी बेसेंट हास्टॅल के वॉटर कूलर पर पैर धोते हुए अष्टावक्र, "रोली बोल रही थी न कि वो तुम्हारा घर देखना चाहती है, काहे न लेते गए, ले जाते तो पूरा सीट दिला देती भीड़ में भी।"

सुबोध जी डिब्बे में अंदर घुसने का जबर्दस्त प्रयास करते हुए, "का चाहते हो बे कि घर से वापस न आएँ! रोली और घर पे, बाऊ के सामने ही चूम-चाम लेगी, जमानतो नहीं होगी।"

अष्टावक्र कमरे में अंदर से अखबार लगी खिड़की के छेद में झाँककर ज्योतिप्रकाश को सोता देखते हुए, "और आस-पास का मौसम कैसा है? तुम ससुरे लगता है चौचक भाग्य लेकर सुंदर नर्स के हाथों में पैदा हुए थे, हर जगह हरियाली पा जाते हो।"

"हाहाहा, अरे कुछो हरियाली नहीं है यार। दू गो लइका हैं बस पातिल-पातिल, उ खड़का-खड़का बाल वाले! उहे थोड़ा जगह बनाए हैं, बाकी सात-आठ तो कुंटलवहा बोरा हैं सब, 40-45 साल के, पूरा बीघा भर घेर लिए हैं सब। अच्छा ठीक है रखो, तुम फोन रखो! पहुँचकर बात करते हैं एक सीट खाली हुई है, बैगवा फेंककर बुक कर लिए हैं, चलकर बैठते हैं, यहाँ तो हरियाली... कुछ नहीं जाने दे, फिर गरियाएगा।" सुबोध जी खाली हुई एक सीट पर चक्का फेंक कंप्टीशन जैसा अपना पिट्ठू बैग फेंकते हुए।

अष्टावक्र पेट के बल सोए हुए ज्योतिप्रकाश की पैंट पर ठंडा पानी डालते हुए, "मिल गई न हरियाली ससुरे! पानी दो अब, हम रोलिया को अभी बताते हैं, तुम्हारी वासना अभी कनवा रास्ते बाहर निकाल देगी।"

"अरे! कैसी जबान है रे भाई? रोली का ही फोन आ गया।" सुबोध जी हड़बड़ाकर अष्टावक्र का फोन काटकर रोली का फोन उठाते हुए।

सुबोध जी सामने वाली सीट से नजरें हटाकर फोन पर ध्यान लगाते हुए, "हाँ रोली! बोलो, आवाज आ रही।"

सुपर फास्ट ट्रेन सुबोध जी के स्टेशन पर नहीं रुकती थी, एक स्टेशन आगे जाकर उन्हें ऑटो पकड़ वापस आना पड़ता, पर आज सुबोध जी के चार साल काशीयात्रा के इतिहास में ट्रेन पहली बार रुक गई। सुबोध जी तो जूता-मोजा निकाल पूरा पालथी-मार बैठ गए थे, जैसे सीट की रजिस्ट्री करा ली हो। ट्रेन रुकने से एकदम खुश हो गए और एक हाथ में दोनों जूते उठाए, पीठ पर बैग लिए और एक हाथ में फोन पे रोली से बतियाते हुए सामने वाली सीट की हरियाली से देह बचाकर नीचे उतर गए।

दो महीने बाद ही घर आए थे, पर लग रहा था कि अभी-अभी अमेरिका से उतरे हों। सभी ऑटो वालों से घूम-घूमकर झुट्ठो बता रहे थे कि पिछली बार जब वो आए थे तो fare आज से six rupee कम था, जिस पर ऑटो वाले उन्हें बड़े शहर वाला समझ अपनी हिंदी को मॉडर्न बनाने की कोशिश करते हुए कह रहे थे कि भैया, लगता है आप one साल पहले आए थे। चालकों की मुँह की एक्सरसाइज के परिणामस्वरूप सुबोध जी खुद को मिल रही पर्याप्त इज्जत से खुश हो गए और फिर पैदल ही 2 किमी जाकर बस पकड़ छह रुपए में अपने चौराहे तक का टिकट कटा लिया। अपना चौराहा आने के कुछ देर पहले ही वो कुछ ऐसा करते, जिसे वो बनारस में कभी दोहराते भी नहीं थे। बैग से थाइलैंड वाले भैया का लाया हुआ ray-ban का चश्मा लगाते, ईयरफोन को बिना गाना चलाए लगाकर उसके तार को शर्ट के अंदर से निकालते और फिर गाँव के किसी दोस्त को चौराहे पर आने के लिए कहते। इसी बीच अगर घर से पिता जी का फोन आ जाता कि कहाँ तक आए हो, चौराहे पर आना पड़ेगा क्या, तो उन्हें मर्यादा पुरुषोत्तम बनने के चक्कर में, "क्या परेशान होंगे! पैदल ही आ जाता हूँ, एक्सरसाइज भी हो जाएगी", कहकर मना कर देते। दोस्त की मोटरसाइकल से आराम से चौराहे से निकल पड़ते और घर के ठीक पीछे उतर पैदल ही घर तक आ जाते। उनके पिता जी बहुत मेहनती थे, इसलिए चौराहे से घर 2 किमी पैदल आना उनके लिए कोई ध्यान देने वाली बात नहीं थी। हाँ, उनकी माता जी "आई हो दादा हमरी सोनचिरई क मुँहवा केतना लाल हो गइल बा धूपवा में, एजी काहे न जा के लेले अइली हईं रऊरो न पूरा गाँव

भर के अगर बीजा न लगत त लंदन पहुँचा देतीं और अपनी!... जाए दी छोड़ी पनीर, मिठाई, नमकीन, मेवा, फल और का खइब बेटा! बोल बेटा! अइसन बा पहिले तनीए-सा ले आईं बाजारे से फिर आवत रही, हमार लइका बहुते दुबरा गइल बा", कहकर भरपूर स्वागत करतीं। इससे दो महीने में सवा तीन किलो वजन बढ़ाकर आए हुए सुबोध जी को लगता किया सच में उनका वजन कम हो गया है, पर फिर वे परसों ही हेल्थ सेंटर में फ्री में पता किए गए वजन को याद कर गंभीर हो जाते और हर बार की तरह इस बार भी बस पेटभर का ही खाने का निर्णय लेते, जिसे शाम में "आज तो पहला दिन है कल से कंट्रोल करेंगे", कहकर तोड़ देते।

बुलेटप्रूफ प्यार

आज जब रोमांटिक गाने, बरसाती गाने, अकेलेपन के गाने खूब बन गए हैं, तो किसी लड़की को प्यार करने वालों की कमी कैसे हो सकती है! किसी-किसी लड़की को प्यार करने वाले तो इतने ज्यादा हैं कि वो एक क्रिकेट मैच की दोनों टीमें खड़ी कर सकती है और कुछ तो शायद अंपायर व दर्शक भी। ये अलग बात है कि बहुत से प्रतिभावान खिलाड़ी बता ही नहीं पाते कि वो भी विकेट कीपिंग अच्छी कर लेते हैं।

श्री रणबीर संस्कृत विद्यालय में हो रही इंटर्नशिप से सुबोध जी बहुत खुश थे, हर दिन एकदम एग्जेक्ट दस बजे पहुँच जाते और शाम को स्कूल बंद करवाकर ही वापस आते। केंद्रीय शिक्षक पात्रता परीक्षा के फॉर्म आ गए थे, जिन्हें सुबोध जी सबको बोल-बोलकर भरवा रहे थे। रणबीर विद्यालय के प्रधानाचार्य जी का स्वभाव बीएड वालों के प्रति भरपूर सौहार्द्रपूर्ण था। एक दिन में आठ घंटियाँ चलती थीं। पहली से लेकर चौथी घंटी तक विद्यालय के परमानेंट अध्यापक पढ़ाते और फिर उसके बाद की चारों घंटियाँ बीएड वाले भावी शिक्षकों के हवाले थीं।

सबको जाकर शुरू की चार घंटी बैठना ही था। शुरुआती दिनों में तो सब पूरी की पूरी संख्या में दस बजे पहुँच जाते थे, लेकिन एक हफ्ता बीतते ही ऐसे लोगों की तलाश होने लगी, जो हर दिन दस बजे आने को तैयार हों और फिर उनसे सबकी उपस्थिति बनवा ली जाए। लड़कियों में ऐसी दृढ़इच्छा रखने वाली रोली मिली और लड़कों में तो सुबोध जी सहर्ष तैयार थे।

विद्यालय में जो हॉल बीएड वालों को बैठने के लिए मिला था, उसमें पाँच-सात राउंड टेबल लगी थीं, जिनके चारों तरफ प्लास्टिक की कुर्सियाँ थीं। हॉल के गेट के पास दो लोगों के बैठने के लिए एक बेंच-टेबल भी थी, रोली और सुबोध हमेशा दो लोगों को बैठाने की औकात वाली बेंच पर ही बैठते थे। राउंड टेबल का माहौल बहुत अनरोमांटिक होता था, वहाँ बैठने वाले सिर्फ

लेसन प्लान और अपनी-अपनी कक्षा के लड़कों की बदमाशियों के कसीदे गढ़ते रहते थे। इधर सुबोध जी अपनी बेहतर चित्रकला का मुजाहिरा करते और रोली के टीचिंग लर्निंग मैटेरियल के लिए खूब सुंदर-सुंदर चित्र बनाते और रोली भी सुबोध जी के लेसन प्लान का प्रस्तावना प्रश्न निकालने का कार्य करती। पाठ योजना का प्रस्तावना प्रश्न वह बेहतरीन बल्लेबाज है, जिसके आउट होते ही पूरी टीम बीस से पच्चीस मिनट में पवेलियन लौट आती है। प्रधानाचार्य मध्यावकाश के बाद ही बीएड वालों का अटेंडेंस रजिस्टर चेक करते थे और उस समय तक सभी लोग आ जाते थे। व्यवस्था काफी कुछ रोली-सुबोध के बस में चल रही थी।

सभी भावी अध्यापकों में सबसे शांतिवादी क्लास रोली की होती थी और वह क्लास जिसका शोर बाहर सड़क तक जाता था, सुबोध जी की थी।

सुबोध जी क्लास से वापस आकर चॉक-डस्टर बैग में रखते हुए, "कैसे तुम्हारी क्लास एकदम शांत रहती है, यार, मेरे में तो लगता है सब लड़कवे पगला जाते हैं।"

रोली अपनी क्लास लेने के लिए निकलती हुई, "हा-हा-हा... कोई बात नहीं, सही हो जाएँगे, बच्चे हैं सब, का करोगे! ससुरे खूब अच्छे से जान गए हैं कि हम लोग बीएड वाले हैं और हम उन्हें न तो मार सकते हैं और न ही उनका नंबर काट सकते हैं, मतलब कुछो नहीं उखाड़ सकते हैं।"

सुबोध जी बेंच पर बैठकर पास ही खड़ी रोली से, "चलते हैं न हम भी तुम्हारी क्लास में, पीछे बैठे रहेंगे, देख लेंगे कैसे क्लास को कंट्रोल करती हो? वैसे भी यहाँ अकेले बैठने में बोरियत होती है, बिल्कुल अच्छा नहीं लगता।"

रोली, सुबोध जी को क्लास में ले चलने के लिए अपना लेसन प्लान और चॉक-डस्टर थमाती हुई, "अच्छा! अकेलापन महसूस होता है पूरे भरे हॉल में, ठीक है चलो, वैसे भी इस समय तो कोई क्लास चेक करने नहीं आ रहा।"

सुबोध जी कंटिन्यु वार करते हुए, "अरे, मेरे सेशन-ए से कोई लड़का नहीं है न यहाँ और फिर लड़कियों को तो अपने से ही समय नहीं है, सब कोई तुम्हारे इतना समय थोड़ी न देगा हमको।"

रोली चलती-चलती हल्का मुस्कुराती है, "अरे, कह रहे न मेरी जान! चलो मेरे साथ। समझ गए हम तुम्हारी प्रॉब्लम।"

तेरा तुझको अर्पण

हॉस्टल की कैंटीन बंद होने के कारण अष्टावक्र, ज्योतिप्रकाश और सुबोध जी को बाहर से ही चाय लाकर पीनी पड़ती थी। अक्सर इस काम में ड्यूटी अष्टावक्र की ही लगती थी, क्योंकि वही दुकानदार से एक्स्ट्रा चाय ले पाते थे। वे चाय तो तीन ही लाते थे, पर गिलास पाँच माँग लिया करते थे, वही कॉफी वाले गिलास, जिन पर Nascafe लिखा होता है।

सुबोध जी लाई गई चाय पॉलीथिन से निकालकर गिलासों में भरते हुए, "इ जब चाय तीन ठो लाते हो, तो गिलासिया काहे पाँच गो उठा लाते हो?"

अष्टावक्र पारले जी बिस्किट का पैकेट खोलते हुए, "अरे, तुम चाय पियो न, समय आने पर सब बता देंगे, बिजनेस आइडिया है सब।"

ज्योतिप्रकाश चाय की पहली सिप लेते हुए, "अरे, घर ले जाने के लिए इकट्ठा कर रहा लगता है, अगले साल शादी है न साहेब की।"

अष्टावक्र, "अरे, तुम्हें बहुत खबर है मेरी शादी की!"

सुबोध जी मुस्कुराते हुए, "अरे, इसको नहीं रहेगी तो किसे रहेगी? साले साहब हैं आपके।"

"सही कह रहे सुबोध बाबू! जीजा जी की खबर हम नहीं रखेंगे, तो कौन रखेगा?" ज्योतिप्रकाश बिना गुस्सा हुए पहली बार अष्टावक्र को अपने मुँह से जीजा बोलकर अपने पिता जी के सुझाव को मौन-स्वीकृति देते हुए।

अष्टावक्र क्रमशः हँसते हुए बात शुरू करके गंभीर होते हुए, "अरे, हमको ये जीजा बोला रे सुबोधवा, कौनो बात हुई का भाई! गुस्साया है क्या! देख भाई, मजाक करना मेरी आदत है बुरा नहीं मानना चाहिए, हाँ, ये सच है कि जो तुम्हारे दूर के जीजा लगते हैं, वो मेरे भैया नहीं हैं, वो मेरे भांजे हैं। पर मुझसे उम्र में वो बड़े हैं, इसलिए उनको भैया ही कहना पड़ता है और फिर अब सात-आठ महीना ही तो हम लोगों को साथ रहना है। पर अगर तुम सचमुच चाहते हो कि मैं न चिढ़ाऊँ, तो मजाल क्या एक लाइन भी अब मैं कह दूँ... और ए सुबोधवा, तू भी नहीं बोलेगा कुछ इसको, भाई अपना सीरियस हो गया।"

ज्योतिप्रकाश जी स्थिर भाव से मुस्कुराते हुए, "हा-हा-हा-हा... कितना अजीब बात है, जब तक तुम स्साला बोलता था, तो मैं मना करता था। अब मैं

जीजा कह रहा, तो तुम मना कर रहे। अरे मालिक, तुम्हारी मनोकामना पूरी हो गई है, भगवान तुम्हें मेरा पक्का वाला जीजा बनाने की सेटिंग कर रहे हैं। पापा का फोन आया था, तुम्हरे बाबूजी से मिलकर जन्मकुंडली लाए हैं वो तुम्हारी, हमरी छोटी बहिनिया के लिए। लगता है गोटी बैठ जाएगी।"

अष्टावक्र चाय का गिलास नीचे रखते हुए, "ओ तेरी!"

ज्योतिप्रकाश, "हाँ भाई, अब तेरी-मेरी करते रहो, देखो बाऊजी लोग क्या फैसला लेतें हैं?"

सुबोध जी, जानकर बहुत खुशी हुई, वाले चेहरे से, "हा-हा-हा... सही है बॉस, आप लोगों की तो दोस्ती, रिश्तेदारी में बदल गई, पर अब मुझे क्या रोल मिलेगा भाई? इसकी बहन मेरी भी तो बहन लगेगी, पर अष्टावक्रवा भी तो भाई ही है अपना, मैं किसके साथ चलूँ?"

अष्टावक्र, ज्योतिप्रकाश को इशारे से सुबोध जी के चेहरे को गमछे से ढँकने को कहते हुए, "बहुत बोल रहा ससुरा, मार स्साले को, दो रिश्तेदारों से मजा ले रहा।"

सुबोध जी गमछे के नीचे से, "अरे भाई, छोड़ दो भाई, अब नहीं कछु बोलेंगे।"

अपनी अलमारी में चाय के गिलासों का ढेर लगाते लगभग दो महीने हो जाने के बाद अष्टावक्र, चायवाले से, "ये गिलसिया कितने का लाते हो चच्चा?"

चायवाला चाय से भरी पॉलीथिन थमाते हुए, "बाबू, पचास रुपया सैकड़ा मिलता है।"

अष्टावक्र चाय के गिलासों को गिनते हुए, "मेरे पास सौ ठो है, लेंगे?"

दुकानकार भौंचक होकर, "सौ ठो! आपके पास कहाँ से आया?"

अष्टावक्र दूसरी तरफ देखते हुए, "अरे, हॉस्टल में एक कार्यक्रम कराए थे तो उसी में का बचा है, अपने आदमी हैं आप, नकद दो महीने का संबंध है अपना, एक-डेढ़ रुपए कम ही दे दीजिएगा।"

खैर, गिलास तो बिक गए, पर उस दिन के बाद से दुकानदार ने दो एक्स्ट्रा गिलास देने से मना कर दिया और फिर तब तक हॉस्टल की कैंटीन भी फिर से चालू हो गई।

नाग नथैया

बनारस के रामनगर की रामलीला के बारे में देश व विदेश में भी ठीक-ठाक लोग जानते हैं। वे सारे लोग जो बनारसी रूह को पसंद करते हैं, रामलीला देखने साल में एक बार आ ही जाते हैं। बनारस के लोगों में तो रामनगर की रामलीला का जबर्दस्त क्रेज है। पूरे एक महीने चलने वाली रामलीला को बहुत-से बनारसी हर दिन शुरू से अंत तक हाथ जोड़कर देखते हैं। रामलीला के पात्र मंच पर तो केवल एक महीने किरदार को जीते हैं, पर जनता उन्हें बारहों महीने वही प्यार-धिक्कार देती है। राम जी के तो सालभर बाल कटवाने के पैसे नहीं लगते और ऊपर से फ्री का पान भी खाने को मिलता है। रावण के किरदार को पहनने वाले वागीश तो बहुत परेशान रहते हैं। अक्सर जब उन्हें काम से वापस आने में देर हो जाती है, तो रास्ते में पियक्कड़ उन्हें रोक कर यही प्रश्न करते हैं- सीता माता के काहे अपहरन कईले रे ? काहे ? बोल-बोल ! और कभी दस तीरों के एक साथ लगने से भी न हिलने वाला रावण, दो झापड़ में पैर पकड़ लेता है। हनुमान बनने वाले रामसमुझ को तो मंगलवार और शनिवार को एक घड़ी की फुर्सत ही नहीं मिलती है। लोग जबरदस्ती पकड़कर सामने बैठा लेते हैं और केला, गुड़, सबका भोग लगा के हनुमान चालीसा और सुंदरकांड का पाठ शुरू कर देते हैं।

अगर कहीं लीला की बात हो रही हो और लीलाधारी श्री कृष्ण का नाम न आए, ऐसा कैसे सकता है ? गंगा के तुलसी घाट पर हर साल कृष्ण भगवान की नाग नथैया लीला का मंचन किया जाता है। पानी में साँप होता है, कृष्ण जी कूदते हैं और कालिया नाग की बहुत कुटाई कर देते हैं। ये दृश्य देखने के लिए बहुत भीड़ इकट्ठा होती है। आप तो जानते ही हैं, दूसरों की मारपीट हम लोग गाल पर हाथ लगाकर देखते हैं। इस बार सुबोध जी और रोली ने भी जाने का प्लान बनाया। भीड़ से बचने के लिए पहले ही पहुँच गए और कार्यक्रम बढ़िया-से 1080 पिक्सल में दिखे, इसलिए वे दोनों ऐसी जगह पर जा बैठे जहाँ

से कार्यक्रम तो साफ-साफ दिख ही रहा था, साथ-ही-साथ वे दोनों भी सबको साबुत ही दिख रहे थे। एक्चुअली, वे एक ऊँचे स्थान पर नीचे पैर लटकाए बैठ गए थे और यह देखने में मशगूल थे कि लीला देखने आए लोग क्या-क्या लीला कर रहे हैं। दोनों में चर्चा भी खूब हो रही थी। सबसे ज्यादा तो कपल उनके निशाने पर थे, कोई चार बीघा का मुँह खोलकर जय-जयकार लगा रहा है, तो कोई दूसरे को दिखाते हुए लीला की वाहवाही कर रहा है। सिनेमाहॉल वाला मजा लेने के लिए दोनों ने एक बड़ा-सा कोल्डड्रिंक और चिप्स का पैकेट भी ले लिया था। अचानक, सुबोध जी को अपने कंधे पर पीछे से किसी का हाथ महसूस हुआ।

सुबोध जी सिर हल्का-सा पीछे मोड़कर, हट्ट साला वाले अंदाज में, "क्या है भाई?"

सामने खड़ा व्यक्ति, "ये लड़किया लगती है तुम्हारी? काहे इसका हाथ पकड़े हो?"

सुबोध जी, हाँ पकड़ेंगे, का करोगे वाली तेज आवाज में, "हम एक-दूसरे को प्यार करते हैं, तुमको क्या दिक्कत है?"

सामने वाला कड़क आवाज में, "चल-चल नीचे उतर, अभी तुमको प्यार समझाते हैं।"

रोली भी सुबोध जी की तेज आवाज सुनकर पीछे देखती हुई, "अरे भैया, आप यहाँ! सॉरी-सॉरी, यह दोस्त है मेरा, आपको मिलाने ही वाली थी। उठो जी सुबोध! भैया बुला रहे हैं, नीचे उतरो।"

रोली के भैया, "हाँ-हाँ बेटा! हम समझ रहे तुम लोगों की दोस्ती, इ तो कह रहा तुम दोनों प्यार करते हो, तुम लोग चलो, ए लड़के उतर नीचे।"

सुबोध जी अपने साथ होने वाले नाग-नथैया से बचने का उपाय ढूँढ़ते हुए, "अरे भैया, आपको पहचानते नहीं थे, तो थोड़ा तेज बोल दिए। वो तो हम बस इसकी सिक्योरिटी के लिए बोल दिए। अरे भैया, अब आए हैं इतना दूर से किराया लगाकर तो देख लेने दीजिए, कल मिलते हैं न आपसे।"

रोली के भैया सुबोध जी का हाथ पकड़ उसे नीचे खींचते हुए, "तू चुप कर एकदम!"

रोली, सुबोध जी का दूसरा हाथ पकड़कर खींचती हुई, "क्या कर रहे हैं

भैया ? उतर तो रहा है।"

रोली के भैया आस-पास खड़े लोगों को अपनी ही तरफ घूरता देखकर, "ऐसा है रोली, आज हम तुम्हारी नहीं सुनेंगे। बहुत मान-सम्मान हो गया तुम्हारा। तुम उतरो, चलो घर, और ऐ लड़के! कल मिलो तुम, हम तुमको प्यार का असली मतलब समझाते हैं।"

सुबोध जी बार-बार भैया कहकर माहौल को ठीक करने का प्रयास करते हुए, "ठीक है भैया, हम आएँगे और जरूर आएँगे। माफ करें, पर हम कुछ गलत नहीं कर रहे थे। कहाँ मिलना है भैया, रोली को बता दीजिएगा, वो हमको बता देगी।"

रोली के भैया अब रोली का एक हाथ पकड़कर ले जाते हुए, "कल आओ, सुबह पाँच बजे चौका घाट पुल पर।"

रोली बीच में, "नहीं आएगा ये। क्या करने आएगा वहाँ, वो भी पाँच बजे सुबह में! मत आना जी! आप इसको मारकर फेंक देंगे, तो क्या गारंटी है ?"

रोली के भैया, "अच्छा! अच्छा! ठीक है बेटा, तुमको भी हम सुबहे जगाकर ले आएँगे। कल तक स्वीट और दुनिया के सबसे अच्छे वाले भैया आज कतली हो गए। देख लेना तुम भी अपनी आँखों से, मारते हैं कि क्या करते हैं।"

सुबोध जी चीन्नी बोलकर सजा कम कराने के चक्कर में, "रोली क्या कह रही हो ? मैं आऊँगा, भैया हैं, एक-दो झापड़ मार ही देंगे, तो क्या गलत हो जाएगा, इनका हक है सजा देने का, बड़े हैं।"

रोली का हाथ पकड़ भैया वहाँ से निकलते हुए, "अब ज्यादा मत बोलो तुम। यहीं रातभर बैठकर लीला देखो, कहीं हिलना मत, न तो टँगरी तोड़ देंगे।"

रोली रास्तेभर एकदम मुर्दे जैसे शांत पड़े भैया से यह सब कहती रही, "अरे, चल रहे न भैया! काहे इतना तेज हाथ पकड़े हैं, चल रहे न, आपसे बताने ही वाले थे। सॉरी भैया! गुस्सा गए क्या! अरे यार, आप तो सुन ही नहीं रहे। थोड़ा बताने में टाइम लगता है, इज्जत कर रहे आपकी, सुनिए न! बहुत अच्छा लड़का है सुबोध! पुल पर काहे बुला रहे उसको, घर बुलाइए न। ठीक है, जैसा आप का मन। आपने सुना वो क्या कह रहा था ? वो कह रहा था, वही होगा जो भैया चाहेंगे। भैया कुछ कहिए न! सुनिए न यार! भक्क मरदे!"

इंटरव्यू के पहले की रात

रोली व उसके भैया के तुलसीघाट से निकलने के तीन-चार घंटे बाद तक सुबोध जी वहीं ऊँचाई पर पैर लटकाए रुके रहे। जब लीला देखने आया आखिरी आदमी भी चला गया, तो सुबोध जी को एहसास हुआ कि लीला खत्म हो गई है। लीला में क्या हुआ कुछ याद नहीं, क्या देख रहे थे ये भी याद नहीं, बस कल होने वाले इंटरव्यू की सोच में मरे जा रहे थे। ऊँचाई से नीचे उतर सुबोध जी पैदल-पैदल ही गुणा-भाग करते हॉस्टल की तरफ चल दिए।

ज्योतिप्रकाश, सुबोध जी से हॉस्टल में घुसते ही, "कहाँ था रे अब तक और फोन क्यों नहीं उठा रहा था?"

सुबोध जी बहुत धीरे, मरेली आवाज में, "भाईईईईईईई!"

"हाँ बोल! क्या हुआ?" ज्योतिप्रकाश, सुबोध जी को घूर-घूर के देखकर उसकी आपबीती का अनुमान लगाते हुए।

टेंशन में सुबोध जी की भाषा-शैली बदलते जाती है, "आज पकड़े गए भाई, अब खैर नहीं। ऊ लोग बहुते मारेगा।"

ज्योतिप्रकाश कमरे का ताला खोलकर सुबोध जी को अंदर धकेलते हुए, "कौन पकड़ा? कहीं आपत्तिजनक अवस्था में तो नहीं पकड़ा गया न रे?"

सुबोध जी कमरे से अभी-अभी घुसे अष्टावक्र की तरफ देखकर बताते हुए, "अरे नहीं यार, नाग-नथैया लीला देखने तुलसीघाट गए थे हम और रोली। वहीं पता नहीं कहाँ से उसका भैयवा आ गया। वो तो वहींए खबर लेना चाहता था, पर भीड़-भाड़ होने से रुक गया, कल बुलाया है।"

अष्टावक्र- "सेंटर कहाँ है?"

सुबोध जी- "चौकाघाट पुल पर।"

अष्टावक्र- "और इंट्री क्लोजिंग टाइम?"

सुबोध जी- "सुबह पाँच बजे।"

अष्टावक्र- "लगता है, यहाँ से चार बजे ही निकलना होगा।"

ज्योतिप्रकाश- "अरे कोई एग्जाम है का!"

अष्टावक्र विशेषज्ञता दिखाते हुए, "उहे समझो। जितना लेट से पहुँचोगे और जितना अधिक वो इंतजार करेगा, नंबर उतने ही कम मिलेंगे।"

सुबोध जी पहुँचने की चिंता न करते हुए, "मारकर फेंक तो नहीं देगा न रे भाई!"

अष्टावक्र- "देख भाया! हीरो के साथ हीरोइन को देखकर चिल्लाना, चीखना, मारना, गरियाना ही अब तक हीरोइन के भाई की स्क्रिप्ट में चलता-चला आया है और कोई-कोई भाई तो इतना डेंजर होते हैं सब कि हीरो को जान से ही मार देते हैं और पूरी फिल्म भूतिया हो जाती है।"

ज्योतिप्रकाश- "अरे काहे डरा रहा रे! सुबोध चल खाना खा ले, मेस तो बंद हो गया था, पर तुम्हारा लाकर रख दिए हैं।"

सुबोध जी एकदम बुरबक जैसा मुँह बनाकर, "खाना नहीं खाया जाएगा भाई... ऐ अष्टावक्र! सच्चो मार देगा का! घर पर बतिया लें का सबसे?"

ज्योतिप्रकाश- "अब रात को बारह बजे फोन नहीं न करेगा, घबरा जाएँगे लोग। अरे कुछो नहीं उखाड़ पाएगा, हम लोग हैं न।"

अष्टावक्र लगातार निगेटिव बोलते हुए, "चल, खा पहिले, वरना भूखे पेट मर जाएगा तो बहुते दुख होगा।"

सुबोध जी अपने बिस्तर पर लेटते हुए, "पचास रुपया वाला चिप्स का बड़का पैकेट और सवा लीटर वाला कोल्डड्रिंक लेकर बैठे थे हम और रोली। अभी पैकेट खोले ही थे कि ई लीला हो गई, पूरा पैकेट और सारा ठंडा टेंशन में अकेले ही निपटाए हैं, पेट एकदम फुल है।"

ज्योतिप्रकाश थाली उठाते हुए, "ठीक है फिर, भोजन मेस में पहुँचा देते हैं, कौनो नहीं खाया होगा तो खा लेगा।"

अष्टावक्र, ज्योतिप्रकाश के बाहर निकल जाने के बाद, "कितना गुस्साया था घाट पर ऊ?"

सुबोध जी तल्लीनता से कष्ट बयाँ करते हुए, "बहुत ज्यादा, मेरा हाथ पकड़कर खींचा, तब तक रोली ने देख लिया और छोड़वा दिया। एकदम साँड जैसा है भाई, छह फुट से ऊपर हाइट है उसकी, ऊपर से गठीला शरीर, तनिको पेट नहीं निकला है।"

अष्टावक्र- "एगो कट्टा मँगा दें क्या ? का जाने, मारने का ही मन बना लिया हो।"

सुबोध जी वापस से बैठकर बताते हुए, "अरे नहीं भाई, अगर वो देख लिया कि मैं कट्टा लाया हूँ, तो नहीं भी मारना चाह रहा होगा तो मार देगा। देखो! कहा है, रोली को भी लाने को। रोली आ गई न, तब तो सब प्रॉब्लमवे सॉल्व हो जाएगा।"

अष्टावक्र वापस टेढ़ी राह पर, "हम लोग भी चलेंगे, दूर खड़ा रहेंगे और अगर तुम कहो तो बीस-पच्चीस लड़कों को भी ले चला जाए।"

सुबोध जी- "अरे नहीं भाई, बस तुम दोनों ही चलो, लेकिन थोड़ा दूर खड़े रहना, नहीं तो समझेगा झगड़ा करने आया हूँ। जब तक हाथ-पैर से मारेगा, तब तक तुम लोग न आना, पर अगर कुछ हथियार निकाल दे, तो तुरंत आ जाना। और हाँ, तुम कट्टा-वट्टा मत लेना। रोली का भाई है, अगर मेरे साथ-साथ वो भी मर-मुरा गया, तो बेचारी बहुत रोएगी।"

ज्योतिप्रकाश वापस कमरे में आकर, "अच्छा, कुछ माँग तो नहीं रखेगा न?"

अष्टावक्र- "अरे, अगर तैयार भी होगा, तो सरकारी नौकरी से कम में नहीं मानेगा। बस, डर यही है कि अधिकारी बनने की शर्त न रख दे।"

ज्योतिप्रकाश, "हाँ, ये लड़कीवाले न अपने मन से तो एलडीसी से भी बेटी बियाह देंगे, पर अगर लड़की ने अपने मन से चुन लिया, तो अधिकारी लड़का खोजने लगते हैं।"

सुबोध जी सुबह तीन बजे तक इन दोनों की बातें अचेतन मस्तिष्क से सुनते रहे, फिर जब दोनों सो गए, तो ये भी चार बजे का अलार्म लगाकर सो गए।

सुबोध जी घड़ी में छह बजे देखकर पेपर छूटने वाली फीलिंग के साथ, "हैलो! हाँ रोली, नहीं-नहीं पुल पर नहीं जा पाए, अभी बस तुरंत निकलते हैं। सुबह तीन बजे सोए थे न। अलार्म लगाए थे, पर सुनाई ही न दिया। आते हैं।"

रोली फोन पर, "ठीक किए नहीं आए तो, भैया को भी हम थोड़ा समझाए हैं, पर अभी वो पूरी तरह से माने नहीं हैं, मारेंगे तो जरूर थोड़ा-बहुत; पर मैं रहूँगी पास में, जान लगा दूँगी बचाने में। घर पर ही आ जाओ, शाम को,

भैया को तैयार कर लिए हैं तुम्हें घर बुलाने के लिए। बड़े भैया नहीं रहेंगे शाम में, केवल छोटे भैया रहेंगे, फेंटा जाएगा। भैया हमेशा बोलते हैं कि घर आए अतिथि से तेज आवाज में बात भी नहीं करनी चाहिए, देखते हैं आज अपनी ही बात मानते हैं कि नहीं। साढ़े पाँच बजे तक आ जाओ। डरना मत, आओगे न! आज भर थोड़ा पिटा जाओ, वादा करते हैं जिंदगीभर किसी को छूने नहीं देंगे।"

इंटरव्यू के MCQ

रोली के भैया की कद-काठी लंबी-चौड़ी थी, परंतु सुबोध जी भी मरियल कुक्कुर नहीं थे, मध्यम कद-काठी के थे, पर रोली के भैया के जोरदार चाँटे के प्रहार से इनके पैरों का अंगद डोल गया। रोली, भैया का हाथ पकड़ जोर से चीखी- "ये क्या कर रहे भाई? आप ही कहते हैं कि घर आए मेहमान को..." रोली भरपूर जोर लगाकर भैया का हाथ पकड़ती हुई।

"चुप! तुमको तो कुछ समझ में नहीं आता, पर इस बभना को तो सोचना चाहिए था। स्साला हम लोग किसी लड़की को देखने से पहले ही पता करते हैं कि वो राजपूत है कि नहीं, बाद में कौन पूरी दुनिया से झगड़ा मोल लेगा और इसे देखो..." भैया बात पूरी करके गेस्ट रूम के फर्श पर लोटे सुबोध जी को पैरों से मारने को बढ़ते हुए।

रोली, भैया के पैर को किक मारने से पहले रोकती हुई, "अब इसको छू दिए तो हम घर छोड़ देंगे। इसके साथ तो नहीं जाएँगे, पर इस घर में भी नहीं रहेंगे।"

सुबोध जी हाथ झाड़कर उठने की कोशिश करते हुए, "इसे मैं गलती नहीं मानता भैया। जिस लड़की का भाई आप जैसा समझदार हो, उसे प्यार करने से पहले क्यों सोचना? भैया, मैं सच्चा प्यार करता हूँ इससे, टाइमपास नहीं कर रहा। बस, आप मान जाइए न, दुनिया से नहीं मतलब।"

भैया आश्चर्य से, "अबे थेथर के पहाड़ा हो का बे, झापड़ खा के भी बोली निकल रही।"

रोली हल्का-सा मुस्कुराकर माहौल की संजीदगी को भाँपकर वापस गंभीर होती हुई, "अरे भैया, इसको हम दो-तीन झापड़ सहने की हिम्मत रखने के लिए तैयार किए हैं।"

भैया, सुबोध जी को हाथ देकर खड़ा करते हुए, "अभी भी तू मजाक कर रही है, हँस रही है। सब मेरी ही गलती है, तुमको बीएड का फॉर्म हम ही न

जबरदस्ती भरवाए रहे, सोचा था हम लोगों के पास रहोगी, घर से आओगी-जाओगी। इसी बात का बदला ले रही न!"

रोली माहौल को हल्का-हल्का खुशनुमा करने का प्रयास करती हुई, "अरे भैया, कहाँ हँस रही हूँ? आप कॉमेडी भी तो खूब कर रहे हैं आज।"

रोली के भैया सुबोध जी से, "बाबूजी का करते हैं तुम्हारे? इ बात तो तय है, परवरिश बहुत गलत हुई है तुम्हारी, वरना ऐसी हरकत न करते।"

सुबोध जी बाँधते हुए, "पंडिताई करते हैं, पर घरघूमना पंडित नहीं हैं, पूरा जिला में बहुत रेपूटेशन है, हमरा गाँव को उन्हीं के नाम से जाना जाता है। इतवार, मंगल को तो समझ जाइए मेरे गाँव का हर एक दुआर मेरे घर पूजा-पाठ कराने आए लोगों की गाड़ी से भरा रहता है।"

रोली के भैया वापस से हर छोटे-छोटे वाक्य के खत्म होने पर सुबोध जी के गाल सुजाते हुए बोले, "जब ऐतना बड़का पंडित के बेटा हो, तो का ठाकुर साहब के यहाँ जीभ लपलपाए हो, वहीं किसी पंडित के यहाँ मुँह मरा लेते। और तुम्हारे बाउजी राजपूत पतोहू को स्वीकार कैसे करेंगे?"

सुबोध जी बिना विरोध किए रोली को देखते-देखते भैया से थप्पड़ खाते हुए बोले, "अरे, उनका टेंशन हमपे छोड़ दीजिए न! हम समझा लेंगे।"

भैया वापस सुबोध जी को उनका कॉलर पकड़ दबोचते हुए बोले, "अच्छा, चल इ बता! इसके लिए क्या-क्या कर सकता है?"

सुबोध जी भर्राए स्वर में बोलकर सोचते हुए बोले, "क्या-क्या कर सकता हूँ?"

भैया- "चल छोड़, तुम लोग तो स्साला चाँद-तारा लाने का हाँक देते हो, नौकरी कब तक ले पाएगा?"

"नौकरी तो ऐसा है कि अभी तो सीटैट भरे हैं, उसके रिजल्ट के बाद वैकेंसी..." सुबोध जी मन में सोचते हुए कि ये प्रश्न तो अष्टावक्र ने कल ही लीक कर दिया था कि ये पक्का पूछा जाएगा।

भैया- "ज्यादा अब घुमाओ मत हमको, पंद्रह महीना के अंदर-अंदर अगर नौकरी ले लेते हो, तो कोई बात करना, वरना दिखना भी मत। फिर रोली की शादी करा देंगे किसी और से।"

रोली, सुबोध जी के मार खाने वाली जगह को देखती हुई, "देख लो

सुबोध! मैं भी तब भैया की बात नहीं काट पाऊँगी।"

सुबोध जी पूरे जोश में, "मंजूर है, मैं अब तुम्हारे लिए पढ़ूँगा।"

रोली हँसकर गंभीर होती हुई, "देखो बेटा! काम भर का ही पढ़ना, ज्यादा मत पढ़ लेना, वरना आईएएस/पीसीएस निकल गया, तो भाग जाओगे।"

"का मतलब, तुम्हारी हँसी क्यों नहीं रुक रही? हँसो-हँसो, जिंदगी को स्टैंडअप कॉमेडी बना दी हो। देख लेना रोली! एक दिन यही तुम्हारे कभी न रोने के रिकॉर्ड को तोड़वाकर तुम्हें रुला देगा।" भैया गेस्ट रूम में इन दोनों को अकेला छोड़कर अंदर दूसरे कमरे में जाते हुए।

रोली, सुबोध जी को याचना भरी नजरों से देखती हुई, "सुबोध नौकरी ले पाएगा न, या फिर मेरी शादी किसी और से हो जाएगी तो चौकाघाट पुल से मेरी विदाई देखेगा?"

सुबोध जी- "मुझे जाना होगा, सीरियस होना है पढ़ाई के लिए, नौकरी का विज्ञापन भी बीएड के खत्म होते ही आ जाएगा, मैं अप्लाई कर सकूँगा, तब तक सीटैट निकाल लेता हूँ। मुख्यमंत्री जी बोले हैं कि नौकरी निकालेंगे। मैं जान लगा दूँगा रोली!"

रोली हल्के हाथों से सुबोध जी के कँधे को दबाती हुई, "अरे मेरी जान! शादी के बाद के लिए भी कुछ जान बचाकर रखना।"

फ्रेंच फ्राई

सुबोध जी, रोली के घर से निकलकर हॉस्टल जाने के बजाय हरिश्चंद्र घाट पहुँचकर जलते मुर्दों को देखते-देखते खुद से बातें करते हुए, "नहीं करेंगे रोली से शादी। हाड़-माँस से बने शरीर से इतना मोह क्यों? सब एक दिन ऐसे ही जल जाएगा... और नहीं तो कितना टेंशन का काम है शादी। रोली के भैया लोग भी नाराज होंगे और अपने भी मम्मी-पापा खुश नहीं होंगे। स्साला! शादी ही क्यों करें? ऐसे ही रहते हैं जीवनभर। पूरी दुनिया घूमेंगे। पहले कमाएँगे, ढेर सारा। मम्मी-पापा को हमारे पैसे की क्या जरूरत! पापा तो पूरा बैंक-बैंलेस टाइट कर रखे हैं। और वैसे भी, पंडिताई तो खटिया पकड़ लेंगे, तब और ज्यादा चलेगी। पिछली बार याद है, जब पापा का एक्सीडेंट में पैर-हाथ टूट गया था, तो आमदनी चार गुना हो गई थी और पूरा घर मौसमी/अनार से भरा रहता था। वे मेरे भरोसे नहीं हैं। मुझे तो बस उन्हें बताकर घर से बिना कुछ लिए निकल जाना होगा, मोबाइल भी नहीं लेंगे। हाँ, नहीं तो क्या! रोली से अब एक लफ्ज भी बात नहीं करना है, पर बीएड का क्या करूँ? बस छह महीना तो और बचा है, चुपचाप पूरा कर लेते हैं। नहीं, पर अगर नौकरी ही नहीं करनी, तो बीएड क्यों? पर डेढ़ साल की मेहनत बर्बाद हो जाएगी। बस बीएड पूरा करके भाग जाएँगे, रिजल्ट बोल देंगे बाबूजी आकर ले लेंगे।"

रोली फोन पर एक साँस में, "हैलो सुबोध! कहाँ कोना पकड़कर बैठे हो! तुम्हारा फोन नहीं लग रहा था, बहुत देर से कोशिश कर रहे थे। अष्टावक्र को फोन किए थे, तो वो बताया कि तुम हॉस्टल नहीं पहुँचे हो। कहाँ हो? मालूम मैं कितना डर गई थी? मुझे लगा, भैया मुझसे मीठा बनने के लिए शादी के लिए तो तैयार हो गए, पर फिर तुमको कहीं ठिकाने लगा दिए। हम राजपूतों में ऐसा होता है यार, बचाकर रहो, अकेले तो रहो ही न।"

"हरिश्चंद्र घाट पर हूँ।" सुबोध जी मद्धिम आवाज में, पाँच मिनट पहले खुद से किए गए सभी वादों को भूलते हुए।

रोली- "का करने वहाँ? भैया सचमुच तुमको मरवा तो नहीं दिए? कहीं तुम मर तो नहीं गए? पर इतनी साफ आवाज कैसे आती, भूत तो अलग ही बोलते होंगे। देख यार, जिंदा हो तो हॉस्टल जाओ तुरंत, मुझे बहुत डर लग

रहा, वरना मैं भी आ जाऊँगी वहीं।"

सुबोध जी सपनों से बाहर निकल, वहाँ से निकलने के लिए खड़े होते हुए, "जा रहा बस, तुम चिंता मत करो।"

सुबोध जी, मेस महाराज से, "आज शुक्रवार है न! फ्रेंच फ्राई क्यों नहीं बना है? मैंने कल कहा था न कि वो बंद नहीं होना चाहिए, क्या बकचोदी है यार।"

मेस महाराज, "भैया, वो एमएड वाले लोग बोले हैं, मत बनाओ!"

सुबोध जी सामने ही बैठकर खा रहे एमएड में पढ़ने वाले सबसे डाइहार्ट मिश्रा भैया से, "भैया प्रणाम! देखिए न, एक ही अच्छी चीज थी आज के मेन्यू में, वो भी निकलवा दिए लोग! चलिए, अब क्या कहा जाए, बड़े भाई जैसे हैं लोग, पर छोटे भाइयों की पसंद का कोई खयाल नहीं रखते। घर में तो बड़े लोग सोचते हैं कि छोटों के पसंद का ही बने, भले वह उन्हें अच्छा लगता हो या नहीं।"

मिश्रा भैया धीरे-धीरे बोलते हुए अचानक तेज फटते हैं, "हाँ बाबू का करोगे, चूतिया हैं सब एक दम, अब फ्रेंच फ्राई को मेन्यू से निकालकर उसकी जगह इ सूखा-सूखा फोंफी रख दिया है। ऐ महाराज! इधर आओ, कौन ने इ आदेश दिया है? नाम बताओ तो आज आर-पार करते हैं।"

मेस महाराज डरते हुए, "ऊ आपके क्लास वाले नितेश सिंह भैया हैं न, वही कहे हैं कि फ्रेंच फ्राई नहीं बनना चाहिए।"

सुबोध जी, नितेश जी का सिंह टाइटल सुनकर, शाम में ही रोली के भैया द्वारा मारे गए झापड़ों को याद करते हुए मिश्रा भैया को हवा देते हैं, "भैया, सुझाव रजिस्टर देखिए, कम-से-कम बीस लड़के कहे हैं कि फ्रेंच फ्राई तो रहना ही चाहिए, पर नितेश भैया बस पाँच-सात लड़कों की बात में आकर बंद करवा दिए। अब जाने दीजिए, जब वार्डन सर उन्हीं के हाथों में सब सौंप दिए हैं, तो क्या कर सकते हैं?"

मिश्रा भैया मेस महाराज को नितेश भैया को बुलाने का आदेश देते हुए, "हाँ, देखो, बस पाँच-सात लड़के ही मना किए हैं फ्रेंच फ्राई बनाने के लिए। ये देखो, लगता है किसी लड़के को बहुत पसंद है, लिखा है कि फ्रेंच फ्राई नहीं बनेगा, तो मर्डर हो जाएगा, बेचारा! क्या मर्डर करेगा, चुपचाप खाकर चला

गया होगा। ऐ महाराज, जाओ नितेशवा को बुला लाओ, कह दो मैं बुला रहा।"

मेस महाराज वापस आकर, "वो आने से मना कर रहे, बोल रहे कि टाइम नहीं है उनके पास।"

मिश्रा भैया गुस्से में तमतमा मेस की दीवार पर चिपका, नितेश सिंह का बनाया हुआ मेस मेन्यू फाड़ते हुए, "अच्छा! समय नहीं है। एक बार और जाओ, कह देना मेरा नाम बताकर कि उन्होंने मेस मेन्यू फाड़ दिया है।"

नितेश भैया, "कैसे फाड़ दिए हो? बहुत गर्मी हो गया है, बुजरो वाले! खड़े चीर देंगे, किसी का डर नहीं है।"

फिर झगड़ा एक-दूसरे की दो-तीन पीढ़ियों को याद करते हुए मेस से निकलकर लॉबी में चला गया। बहुत देर तक 40-50 लड़के इन दोनों को घेरकर झगड़े का आनंद लेते रहे और समझाने का अभिनय करते रहे। इधर सुबोध जी घबराकर कमरे में आ गए थे, फिर पता चला कि वार्डन भी आ रहे हैं। सुबोध जी डर रहे थे कि झगड़े की मुख्य वजह में उनका नाम आएगा ही, फिर न जाने क्या होगा? वे बिस्तर पर जम गए थे। इतना तो उस टाइम भी नहीं डरे थे, जब रोली के भैया ने उनकी ठुकाई की थी। कोई भी कमरे के आस-पास से गुजरता, तो उन्हें लगता कि वार्डन का बुलावा आ गया।

सुबोध जी झगड़ा देखकर लौटे अष्टावक्र से, "क्या हो रहा यार? झगड़ा क्यों हो रहा?"

अष्टावक्र- "मेस वाला बता रहा कि कोई अपने ही क्लास का ही सुझाव रजिस्टर में लिख दिया था कि फ्रेंच फ्राई नहीं बनेगा, तो मर्डर हो जाएगा। मिश्रा भैया, एमएड वाले, इसी बात पर गुस्सा गए कि किसी ने खाने के लिए मर्डर की बात लिखी है, तो इसका मतलब उसे बहुत पसंद होगा। ये सुझाव देखकर भी फ्रेंच फ्राई क्यों बंद किया गया, इसीलिए नितेश भैया से उनका झगड़ा हो गया है। देखो, आगे क्या होता है, वार्डन आ रहे हैं। गलती तो किया ही है लिखने वाले ने। अब खाने के लिए मर्डर, अच्छा नहीं लगता यार, अब तो उसकी खोज होगी।"

सुबोध जी डरे चेहरे से, "यार! एक बात बताएँ, गुस्साओगे तो नहीं न!"

अष्टावक्र चौंककर, "तुम ही लिखे हो का बे!"

सुबोध जी लजाकर, "हाँ यार, हमसे ही गलती हो गई। और आज मेस में

भी मिश्रा भैया को हमने ही हवा दिया झगड़े के लिए।"

अष्टावक्र, ज्योतिप्रकाश को फोन पर समझाते हुए, "अबे ससुरे, का करते रहते हो!"

"हैलो ज्योतिप्रकाश कहाँ हो? खाना खा लिए न! ठीक है, मेस में तो कोई होगा नहीं, हाँ, झगड़ा हो गया है सब वही देखने गए होंगे। ऐसा करो, सुझाव रजिस्टर है न वहाँ, उसमें परसों का एक कमेंट होगा फ्रेंच फ्राई पर कि अगर फ्रेंच फ्राई नहीं बनेगा, तो मर्डर हो जाएगा। उसे काट दो, अच्छे से करिया पेन से।"

सुबोध जी राहत की साँस लेते हुए, "का करें यार, रोली के भैया पर वैसे ही दिमाग खराब था, ऊपर से ई नितेश भी सिंह ही निकल गए।"

अष्टावक्र- "अरे हाँ, क्या हुआ वहाँ? क्या कहे रोली के घर वाले? रोली का फोन आया था, बोल रही थी कि तुम वहाँ से बहुत पहले ही निकल गए थे, कहाँ चले गए थे? ज्यादा मार तो नहीं खाए न?"

बुलेटप्रूफ प्यार-रिमिक्स

"क्या लाऊँ आज ? क्या खाओगे ?"

"ले आओ न आज पोहा बनाके।"

"पोहा ठंडा हो जाता है तो अच्छा नहीं लगता, कोई नहीं, ले आऊँगी।"

"चम्मच एक ही लाना।"

"अरे वाह मेरे मेंढक! स्कूल है, रेस्टूरेंट नहीं कि मुँह में मुँह डालकर खाओगे।"

"अरे, सब मुमकिन है वहाँ, और हाँ, थोड़ा बादाम ज्यादा डालना।"

"अच्छा साहब! नमक, मरिचा भी चाहिए, तो बता दो।"

"नहीं तुम हो न, वो सब मैनेज हो जाएगा।"

"अच्छा! ठीक है, तब बिना नमक-मसाला के ही लाती हूँ, देखते हैं कैसे मैनेज होता है।"

"हा-हा-हा... जैसी तुम्हारी मर्जी।"

"अच्छा! देखो, मुझे आने में थोड़ी देर होगी, मैंने आज प्रिया को बोला है कि वह समय से पहुँचकर सबका अटेंडेंस लगा देगी, पर मेरे सिग्नेचर वह नहीं बना पाती है, तुम बना लेना।"

"अच्छा-अच्छा, ठीक है, हो जाएगा। डन।"

सेक्शन बी के रुद्रप्रताप सिंह, रोली के बेबाकपन के बहुत किस्से सुन चुके थे और उससे काफी प्रभावित थे, पर वे लव-शव के रास्ते आगे बढ़ने में विश्वास नहीं करते थे। रुद्र बहुत कॉन्फिडेंस में थे कि हम भी क्षत्रिय हैं और वो भी। अगर आगे भी पसंद आती रही, तो नौकरी लेने के बाद डायरेक्ट इसके घर किसी बिचौलिए के हाथों शादी का रिश्ता भिजवा देंगे, कैसे कोई मना कर पाएगा, क्षत्रिय हैं ही और नौकरी भी तब तक हो जाएगी। जब उन्होंने रणबीर में रोली और सुबोध जी के प्यार के गुलगुलेपन को देखा, तो उनके सभी ख्वाब धुआँ हो गए। रुद्रप्रताप मन मसोसकर रह गए। उन्होंने निर्णय ले लिया कि कुछ भी हो जाए, इस बभना को लड़की नहीं ले जाने देंगे। रुद्रप्रताप ने इसी टारगेट को दिमाग में रखकर स्क्रिप्ट बनानी शुरू कर दी। एक दिन उन्होंने सिर्फ दो लोगों को बिठा सकने वाली बेंच, जिस पर रोली और सुबोध जी बैठते थे, का

एक पैर तोड़ दिया। पर रोली ने सुबोध जी से पाँच-सात ईंटें मँगाकर वापस से उसका जीर्णोद्धार कर दिया।

हिंसा का रास्ता अमूमन सामान्य लोग तभी अपनाते हैं, जब अहिंसा का रास्ता उनकी इच्छा अनुरूप परिणाम नहीं दे पाता। परदे के पीछे से योजनाएँ बना-बनाकर जब रुद्रप्रताप सफल नहीं हुए, तो उन्होंने फ्रंट पर आने का निर्णय लिया। उस दिन रोली ने सुबोध जी को अपना अटेंडेंस लगाने के लिए कहा था और सुबोध जी ने बहुत ही शिद्दत से लगा भी दिया था। रोली के घर कुछ मेहमान आ गए थे और उसे घर से निकलने में देर हो गई। इधर इंटरवल में प्रधानाचार्य साहब रोज की तरह बीएड वालों की उपस्थिति देखने आ गए। पिछले एक महीने से शत-प्रतिशत उपस्थिति देखकर अब वो ज्यादा ध्यान से नहीं देखते, बस एक बार कमरे में नजरें घुमाकर ऐसे ही मोटा-मोटी अनुमान लगा लेते कि सब कुर्सियाँ भरी हुई हैं, तो सब आए ही होंगे। उस दिन जब वो बिना रजिस्टर खोले ही एक बार सबकी तरफ देखकर वापस जा रहे थे कि रुद्रप्रताप उठ खड़े हुए और ये बताने का प्रयास किया कि कुछ लोगों का अटेंडेंस लग गया है, पर वो उपस्थित नहीं हैं। प्रधानाचार्य जी ने तब रजिस्टर खोला और एक-एक का नाम बोलकर मिलान करवाया। रोली की पुकार होने लगी। सुबोध जी एकदम तिलमिला उठे, रुद्रप्रताप को घूरकर देखने लगे।

प्रधानाचार्य जी जेब से कलम निकालते हुए, "ठीक है, मैं इनको गैरहाजिर कर देता हूँ, अगर आज आएँ तो ऑफिस में भेजिए इनको।"

"अरे नहीं सर, ये आई हैं, अभी कहीं गई हैं। मैंने देखा इनको, लेसन प्लान भी यहीं है इनका, ये है, रोली सिंह तो लिखा है इस पर।" सुबोध जी चित्र बनाने के लिए एक दिन पहले हॉस्टल ले गए रोली के लेसन प्लान को धीरे से बैग से निकालकर दिखाते हुए।

"अरे तो जाकर बुला लाइए, यहीं कहीं आस-पास हैं तो, सर भी देख लें।" रुद्रप्रताप वापस उँगली करते हुए।

"अरे नहीं, रहने दीजिए। जब भी आती हैं, उनको मेरे पास भेजिए, मैं पूछ लूँगा।" प्रधानाचार्य सुबोध जी व रुद्रप्रताप के परस्पर हाव-भाव देखकर माहौल का अंदाजा लगाते हुए।

सुबोध जी प्रधानाचार्य जी के हॉल से बाहर जाते ही रुद्रप्रताप से, "का बे!

काहे काशी नरेश बन रहे हो? हर दिन तो हम और रोली ही सबका अटेंडेंस लगाते हैं। आज एक दिन जब वो देर हो गई, तो उसका अपसेंट लगेगा।"

रुद्रप्रताप- "अच्छा! बहुत बड़ा काम कर देते हो तुम लोग, तुम लोगों को तो इस सामाजिक कार्य के लिए भारत सरकार से पुरस्कार मिलना चाहिए।"

सुबोध जी, रुद्र के थोड़ा करीब आते हुए, "बेशर्मी मत बतियाओ।"

रुद- "अरे, तुम दोनों सबका अटेंडेंस लगाने का ठेका इसलिए ले लिए हो कि कोई पहले न आ पाए और तब तक खाली पड़े हॉल में तुम लोग आराम से गंदगी फैला सको।"

सुबोध जी तमतमाकर रुद्र का कॉलर पकड़ते हुए, "गंदगी का बे!"

फिर क्या था, रुद्र तो पहले ही ठोस कदम उठाने के लिए तैयार बैठा था, उसने सुबोध जी को दो झापड़ सूत दिए। दूसरा झापड़ रसीद होते ही रोली आ गई और गेट पर से ही उसने डस्टर से ढेला शॉट लगाया, जो रुद्र के माथे पर लगा और खून का फव्वारा फूट गया। रुद्रप्रताप अचानक बाहरी वार से घबरा गया और इसी बीच मौका पाकर सुबोध जी ने उसको पाँच-सात झापड़ सूत दिए, तब जाकर वहाँ उपस्थित गणमान्यों को समझ आया कि अब झगड़ा खत्म कराना चाहिए, एक्शन सीन का बहुत मजा ले लिया गया।

"क्यों मारी हो?"

"तुम सुबोध को क्यों मारे?"

"तुम्हें पहले पूछना चाहिए था न कि क्यों मार रहा था?"

"तुम्हें मारने को मेरे लिए यही कारण काफी है कि तुम इसे मार रहे थे, बाकी तुम अब बता सकते हो क्या हुआ?"

"हाँ, एकदम बताते हैं, पहले प्रधानाचार्य को बुलाते हैं, वो रोली मैडम से मिलना चाहते थे।"

प्रधानाचार्य जी आए, सबकी कड़ी निंदा हुई- "शर्म आनी चाहिए आप लोगों को, अध्यापक बनने वाले हैं आप लोग; बच्चों को क्या समझाएँगे, जब खुद ऐसी शर्मनाक हरकत करते हैं।" प्रधानाचार्य जी ने अनेक उदाहरण देते हुए अपनी अद्भुत वाक्-क्षमता का प्रयोग करके इन तीनों को समझाया। इन तीनों का एक-दूसरे से माफी माँगने का क्रिया-कर्म भी करवाया गया। रुद्रप्रताप को भी ये बात अच्छे से समझ आ गई थी कि रोली और सुबोध जी के प्यार

का जोड़ अब टूटने वाला नहीं है, वो लेट हो गए हैं और इस प्रकार की उनकी हरकतें रिश्ते को और अधिक मजबूत करने वाले मसालों का कार्य करेंगी।

झगड़े का समुचित निपटारा हो जाने के बाद भी रोली को डर था कि रुद्र कहीं एक्स्ट्रा खाए गए झापड़ों का बदला लेने के लिए (रुद्र ने तो दो ही झापड़ मारे थे पर सुबोध जी मौका पाकर पाँच ठो लगा दिए थे) बाहर कहीं सुबोध जी पर पलटवार न कर दे, इसलिए उसने रुद्र से बात करके, अपने रुपयों की चाय व सोहाल खिलाकर अपने पक्ष में कर लिया। फिर अब रुद्र भी दूसरा ठौर तलाशने लगे थे।

पंडित जी, कथा थोड़ा शॉर्ट में, औरो काम हैं

रोली और सुबोध जी एक झगड़े के बाद किसी और के निशाने पर नहीं रहे। रोली ने रुद्र की भावनाओं की कद्र करते हुए उन्हें नेहा के साथ पेस्ट कर दिया। इंटर्नशिप के महीने साथ-साथ बैठते, एक-दूसरे का लेसन प्लान बनाते, टीचिंग मैटेरियल बनाने में मदद करते, प्यार की बातें करते, सीटैट के Old question papers सॉल्व करते बीत गए। नवंबर के अंत में रणबीर छूटा और फिर महीनेभर छुट्टी रही। रोली और सुबोध जी, दोनों ने दिसंबर भर फोन पर बस पाँच-दस मिनट बात करते हुए जमकर पढ़ाई की। फरवरी के पहले हफ्ते में ही केंद्रीय शिक्षक पात्रता परीक्षा का आयोजन हुआ, दोनों के पेपर बहुत अच्छे हुए। मार्च में सीबीएसई ने आंसर-की जारी कर दी और दोनों को अव्वल नंबर मिलते नजर आए।

रोली अपने छोटे भैया से, "सुबोध का सीटैट निकल रहा भैया।"

भैया- "चलो, अभी नौकरी नहीं मिली न! लाखों लोग बैठे हैं प्रमाणपत्र लेकर, नौकरी मिलेगी तो कहना।"

रोली, भैया से, "हा-हा-हा, आप क्या चाहते हैं भैया ? सच-सच बताइएगा भैया, क्या आप चाहते हैं कि सुबोध की आपके दिए पंद्रह महीनों में नौकरी लग जाए ?"

भैया, "अरे, अब मेरे चाहने या न चाहने से क्या फर्क पड़ता है ? तुमको तो वही चाहिए न!"

"हाँ भैया, ये तो बात है, चाहिए तो वही।" रोली हँसती है।

भैया- "देख रोली! मैं दिन-रात इसी उधेड़बुन में लगा रहता हूँ कि मैने गलत चैलेंज तो नहीं कर दिया न! क्या मैं उसकी नौकरी लगने के बाद भी तुम दोनों की शादी करवा पाऊँगा ? और भी बहुत लोगों की सहमति जरूरी होती है न यार। माना कि मैं बड़े भैया को मना लूँगा, पर सुबोध का भी तो अपना परिवार है, ऊपर से उसके पिताजी उसके जिलेभर के प्रतिष्ठित पंडित हैं। बेटे

के उठाए गए कदम का उनके प्रोफेशन पर बहुत असर होगा, सब यही बोलेंगे कि पंडित जी सबको कुंडली/गोत्र समझाते रहते हैं और अपने सपूत को ही नहीं समझा पाए।"

रोली- "आप अपनी बात पर कायम हैं न?"

भैया- "हाँ पगली, मैं तो उसकी नौकरी सिर्फ इसलिए चाहता हूँ कि तुम दोनों अपने भावी जीवन को बिना किसी दिक्कत के जी सको। अरे, जब पेट भरेगा, साफ-सुथरे कपड़े होंगे, मर्सिडीज नहीं तो सही इंडिगो से वीकेंड जाना होगा, कम-से-कम तुम लोगों के बच्चे बिना स्ट्रगल के जी सकें, तभी तो प्यार लांग-टाइम होगा।"

"वाह भाई, आपने तो दिल जीत लिया।" रोली, भैया को झप्पी देती हुई।

बीएड की परीक्षा भी देखते-देखते उड़ गई, हॉस्टल छूट गया। सुबोध जी ने वापस वहीं लंका वाली आंटी का फ्लैट किराए पर लिया। आंटी जी ने इस बार किसी के भी आने-जाने पर ध्यान देना बंद कर दिया था। पर सुबोध जी ने उन्हें इस बार निराश नहीं किया, धीरे-धीरे उनका दिल भी जीत लिया और परमिशन लेकर रोली को दिन-दहाड़े बुलाने लगे। सीटैट के रिजल्ट आए। दोनों के सौ से ऊपर नंबर थे, जो कि पास होने के लिए आवश्यक नब्बे नंबरों से काफी अधिक थे।

रोली के भैया उससे, "तीन जगह टीजीटी का फॉर्म निकला है रोली! सुबोध को बोल दो, देख लेगा।"

रोली अपने भैया के मन में सुबोध जी के लिए फिक्र देख मन-ही-मन खुश होती हुई, "अच्छा! बहुत चिंता हो रही है सुबोध की, अरे, आपके घर में भी कोई बैठा है स्नातक के साथ-साथ बीएड की डिग्री लिए हुए, उसे भी तो बताइए।"

भैया अचानक पुरानी बातें याद करके भड़कते हुए, "गजब लड़की हो! एकदम पगलेट हो का, एक बार कुछ कहती हो, एक बार कुछ औरे कहती हो। गोली मार देंगे सुबोधवा को, ज्यादा मत बोलो।"

रोली गुस्से में आए भैया के कंधों पर हाथ रखती हुई, "हा-हा-हा समझ रहे हम। अब सुबोध को आप भी समझने लगे हैं न।"

रोली के भैया, "चुप रहो, भागो यहाँ से, जाओ पढ़ो और उसे भी बोलो

कि पढ़े, वरना उसका चमड़ा छील देंगे।"

सबसे पहले राजस्थान टीजीटी का पेपर हुआ। सुबोध जी, रोली और रोली के भैया एक साथ ही गए। रोली के भैया अब सुबोध को बाबू/भाई बोलने लगे थे। अष्टावक्र की शादी भी तय थी। सत्र के अंतिम लगन, चार अगस्त का दिन मुकर्रर था। अष्टावक्र के अति अनुरोध पर सुबोध जी अपनी माता जी को अपने पिता जी से अति अनुरोध करके तिलकवाले दिन अष्टावक्र के घर ले आए। इधर वधू पक्ष के ज्योतिप्रकाश ने सुबोध जी के अनुरोध पर रोली से अनुरोध किया और रोली अपने भैया से अति अनुरोध कर उन्हें भी साथ ले आई।

तिलक कार्यक्रम संपन्न हो रहा था, मैदान में सिर पर गमछी रखे अष्टावक्र और ज्योतिप्रकाश आमने-सामने बैठे थे और ज्योतिप्रकाश के बगल में एक-एक रुपए के सिक्के लेकर बैठे सुबोध जी दर्शकदीर्घा में बैठी रोली को आँखों से ही अपनी माता जी से मेल-जोल बढ़ाने को कह रहे थे।

पूरे कार्यक्रम के दौरान सुबोध जी ने रोली को अपनी माता जी की नजर में "बहुत अच्छी लड़की है" के रूप में खूब नोटिस कराया। अपने पुराने और नए रिश्तेदारों को खुश करने में व्यस्त ज्योतिप्रकाश जी से थोड़ा-सा समय निकालने की विनती करके सुबोध जी ने अपनी माता जी को यह भी बतवा दिया कि यही लड़की उनको पसंद है और इसने भी साथ ही में बीएड किया है और लड़की भी सुबोध जी को बहुत पसंद करती है। अपने लड़के की पसंद को देखकर सुबोध जी की माता जी को अपने आविष्कार पर बहुत फख्र हुआ।

सुबोध जी की माता जी सब्जी की टोकरी हाथ में लिए हुए, "सुबोध को एक लड़की पसंद है जी!"

सुबोध जी के पिता जी अखबार में नजरें गड़ाए हुए, "अच्छा!"

माता जी करैली काटती हुईं, "बहुत अच्छी है जी, उसने भी वहीं बीएचयू से ही साथ में ही बीएड किया है।"

पिता जी पेज के सबसे नीचे की खबर पढ़ते हुए, "अच्छा! आप तो ऐसे बोल रही हैं, जैसे आप उससे मिल चुकी हैं।"

माता जी करैली का रस निकालकर तीखापन छानने की कोशिश करती हुईं, "हाँ, तभी तो कह रहे, अष्टावक्र के तिलक में वो भी आई थी, अपने भैया के साथ।"

पिताजी अखबार रखकर किसी यजमान की कुंडली बनाने को कलम उठाते हुए, "अब समझ में आया, तिलकवा वाले दिन बाबू आपका इतना हाथ-पैर क्यों पकड़ रहे थे! कहीं आप शादी का जबान तो नहीं दे आईं न? उनसे कह दीजिए कि शादी होगी तो सिर्फ नौकरी वाली लड़की से। महँगाई इतनी ज्यादा है कि अगर वो अकेले कमाएँगे, तो जल्दीए बुढ़ा जाएँगे और हमारे नाती-पोता बेचारे बहुत सारी सुविधाओं से वंचित रह जाएँगे।"

माता जी काटी हुई सब्जी लेकर किचन में जाती हैं, "अरे, आजकल तो सबके यहाँ लव-मैरिज ही हो रहा, क्या बुराई है?"

पिता जी हँसते हुए, "अरे, हम कहाँ विरोध कर रहे प्रेम-विवाह का? हम तो बस ये कह रहे कि लड़की नौकरी में होनी चाहिए और अगर बाबू को उसी लड़की से शादी करनी है, तो उससे कहें कि तैयारी करके नौकरी ले ले। प्रेम विवाह कराने वाले पंडितों का आजकल बहुत आमदनी हो रहा, हम भी सोचते हैं कि ये काम भी कर ही लिया जाए और अगर बाबू का लव मैरिज होगा, तो नजीर अपने घर से ही निकलेगी, अच्छा संदेश जाएगा।"

रोली को झारखंड टीजीटी का फॉर्म डालने का तनिक भी मन न था, पर सुबोध जी के साथ पेपर देने जाने के लालच में भर दिया। इस बार रोली के भैया ने सुबोध जी और रोली को अकेले ही जाने दिया, पर इतनी जल्दी-जल्दी फोन करते थे कि कोई लिमिट ही नहीं थी। मतलब किसिंग का मूड बनाने का टाइम भी नहीं मिल रहा था। बीएचयू सेंट्रल हिंदू स्कूल में भी टीजीटी के पदों के लिए विज्ञापन निकला था। ये फॉर्म दोनों ने बहुत चाव से भरा, बनारस की धरती पर रुकने का परमानेंट मौका जो था।

सुबोध जी का बीएचयू मोह छूट नहीं रहा था। एमए हिंदी की प्रवेश परीक्षा निकाल प्रवेश करा लिया था। हर दिन तीन घंटे ही कक्षाएँ चलती थीं, उन्हें भी सुबोध जी साथ-साथ ही निपटा देते थे। हिंदी विभाग की परास्नातक कक्षाएँ बहुत आकर्षक थीं, लेकिन सुबोध जी क्लास में होते हुए भी कहीं और ही होते थे। यहाँ उनका कोई नया दोस्त ही नहीं बन रहा था, क्योंकि वे किसी से बात ही नहीं करते थे। कभी-कभी रोली भी साथ में आकर क्लास कर लेती थी।

तीनों जगह का टीजीटी परिणाम आने में आधा अक्टूबर महीना चला गया। रोली और सुबोध जी हर जगह इंटरव्यू के लिए चयनित थे। पर राजस्थान और

झारखंड की इंटरव्यू तारीखों ने असमंजस की स्थिति ला दी थी। दोनों की डेट एक ही थी, झारखंड वाले की डेट अठाईस अक्टूबर थी और वही राजस्थान की भी। ये बात तो तय थी कि दोनों में से कोई एक ही अटेंड किया जा सकेगा। अब दोनों जगह की सीटों का विश्लेषण शुरू हुआ। झारखंड में हिंदी की सीटें सात सौ थीं, लेकिन राजस्थान में मात्र दो सौ सीटें ही थीं। रोली के विषय की सीटें दोनों जगह समान ही थीं।

सुबोध जी और रोली एक-दो घंटे केवल इसी पर बात करते रहे कि 'तुमको कहाँ जाने का मन है ? तुम्हारे लिए कहाँ ठीक रहेगा, वहीं चलेंगे जहाँ तुम चाहोगे/चाहोगी। पहले आप, नहीं पहले आप, अरे नहीं पहले आप' टाइप समस्या थी। दोनों का प्रेम उनसे ये करवा रहा था। रोली को ये लग रहा था कि भैया ने सुबोध जी की नौकरी के लिए शर्त रखी है, तो उन्हें वहीं जाना चाहिए, जहाँ सुबोध के लिए ज्यादा मौके हों। सुबोध जी के दिमाग में अपने पिता जी की आवाज गूँज रही थी, जो रोली के नौकरी करने की माँग कर रहे थे।

दोनों झारखंड टीजीटी का इंटरव्यू देकर आए और तुरंत सेंट्रल हिंदू स्कूल का इंटरव्यू शेड्यूल भी आ गया। पाँच नवंबर को रोली का इंटरव्यू बहुत अच्छा हुआ। संयोग से इंटरव्यू कमेटी में उसको ग्रेजुऐशन में पढ़ाने वाली मैडम भी थीं, जो उसे वहीं जाकर ज्ञात हुआ। सुबोध जी का इंटरव्यू भी मिला-जुला ही रहा, वो पूछे गए सात सवालों में पाँच ही बता पाए थे।

रोली के भैया हर दिन रोली और सुबोध जी का रिजल्ट चेककरते रहते थे। सुबोध जी अभी एमए फर्स्ट ईयर में थे, पर रोली की जबर्दस्ती पर केवल अभ्यास के लिए दिसंबर वाली नेट/जेआरएफ परीक्षा के फॉर्म डाल दिए। सुबोध जी वैसे तो कोई फॉर्म नहीं भरते थे, पर अगर भर देते थे तो एकदम जान लगा देते थे। रोली का साथ मिलता रहा और वो पढ़ते रहे।

रोली के भैया द्वारा सुबोध जी को दी गई नौकरी की चुनौती के पंद्रह महीने पूरे होने में बारह दिन रह गए थे, तभी सेंट्रल हिंदू स्कूल में टीजीटी के लिए हुए इंटरव्यू के नतीजे आए। रोली ने तो कमाल ही कर दिया, पूरी लिस्ट में सिर्फ वही थी, जिसने केवल ग्रेजुएशन और बीएड योग्यता पर नौकरी ले ली थी, नहीं तो बाकी चयनित अभ्यर्थी पोस्ट ग्रेजुएट थे और कुछ तो पीएचडी तक झाँक आए थे। बाकी आप समझ ही रहे कि सुबोध जी तो केवल ग्रेजुएट ही

थे, मतलब सुबोध जी नॉट सलेक्टेड थे।

उधर, झारखंड में चुनावी बयार बह गई और फिर सभी प्रकार की नौकरियों के परिणामों की घोषणा पर रोक लग गई। पंद्रह महीने खट से बीत गए।

सपना जो सच न हुआ

चार दिसंबर को शादी का बहुत अच्छा मुहूर्त था, इसलिए पाँच की सुबह विदाइयाँ भी बहुत हुई थीं। सुबोध जी हर गाड़ी में रातभर जगी आँखों से मींच-मींचकर देख रहे थे कि तभी एक सफेद पजेरो में रोली को देखकर हाय कहने को जेब से बाहर निकला दाहिना हाथ कमर की ऊँचाई तक आकर फिर वापस अंदर चला गया। घर से विदाई के समय आँसू की एक बूँद भी न गिराने वाली रोली गाड़ी के पुल पर चढ़ने के साथ ही दहाड़ें मारकर रोने लगी। गाड़ी के बंद शीशे काँप गए, ड्राइवर ने मुड़कर देखने की हिमाकत नहीं की, परंतु रुद्र ने मुँह बनाते हुए कहा, "अब क्या रो रही है, घर से निकलते समय तुम्हारे आँसू क्या सूख गए थे?" रुद्र नहीं समझ सके कि रोली तो सुबोध जी को देखकर रोई थी।

तभी ट्रक के तेज हॉर्न से सुबोध जी की तंद्रा टूटी और उन्होंने रास्ते से दूर छलांग लगा दी और पुल के किनारे पानी से भरे गड्ढे में गिर पड़े। एक आह रोली के दिल से निकलकर बाहर आवाज बनने के ठीक पहले ही गुम हो गई- 'हाय मेरे मेंढक!'

गाड़ी के पहिए के नीचे एक पत्थर आया और गाड़ी भी उसी गड्ढे की तरफ मुड़ गई। रोली ने डर से सहमकर, ओवर केयरिंग होने के कारण आगे की सीट की तरफ झपटकर ड्राइवर को ढकेल स्टेयरिंग मोड़ा, पर गाड़ी की स्पीड ड्राइवर के डर की वजह से बढ़ गई। गाड़ी पिछले पहिए से सुबोध जी के सर को रौंदते हुए, पुल की शुरुआती रेलिंग को तोड़कर नीचे की सड़क पर गिर पड़ी। गाजीपुर की आती बस ने पजेरो की खिड़की के रास्ते बाहर निकले रोली के सर को दबाकर, पूरी कार बचा दी।

एक लड़का-लड़की हैं गिरे हुए,
लगता दोनों हैं मरे हुए।
ये खुद से किया, या मारे गए,
कि नाटक करके पड़े हुए।

रोली और अपनी मौत देख सुबोध जी की नींद खुल गई और वे घबराकर बैठ गए। पास में देखा, तो रोली सो रही थी, सुबोध जी के मन में उठी डर की आँधियों से बिलकुल बेखबर। सुबोध जी को विश्वास ही नहीं हो रहा था कि वे सपना देख रहे थे। वे चेक करना चाहते थे। सुबोध जी ने तकियों के बीच घिरी रोली के बंद होंठों को गौर से देखा और फिर उन पर एक-एक करके सभी उँगलियाँ रख दीं। रोली ने इस पर कोई प्रतिक्रिया नहीं दी। रोली के कोई प्रतिक्रिया न देने पर सुबोध जी डर से काँपने लगे और उस डरावने सपने को ही सच मानने लगे। तभी उन्हें अपनी हथेलियों पर किसी छोटी चीज के रेंगने का एहसास हुआ, जो क्रमश: हथेली के बड़े हिस्से पर पसरने लगा। फिर लगा कि वह कोई नुकीली चीज है, जो हल्का-हल्का चुभन दे रही है और फिर अचानक कंपन हुआ कि अरे! यह तो कोई दाँत से उनकी हथेली काट रहा है। सुबोध जी चिल्लाते, इसके पहले ही रोली ने उनके होंठ सिल दिए और सुबोध जी वो बुरा सपना ही भूल गए।

जिसके लिए आप परेशान हैं

रोली के भैया मुँह बिचकाते हुए, "देखा! मैं कहता न था, ये आजकल के आशिक बस ऐसे ही हैं, एक अदद सरकारी नौकरी तो ले नहीं सकते, चाँद-तारे लाने की बात करते हैं।"

रोली पक्ष रखती हुई- "कैसी बात करते हैं भैया? सुबोध केवल कुछ नंबरों से छँटा है। उसके नंबर मुझसे ज्यादा थे, मेरा तो महिला आरक्षण के चलते कम नंबरों में ही हो गया और अभी झारखंड के तो नतीजे ही नहीं आए, एक परीक्षा के आधार पर आप ये कैसे कह सकते हैं?"

भैया मीटिंग भंग करने के मूड में, "मैं कुछ नहीं जानता, मैने पंद्रह महीने का समय दिया था और इतने समय में वो नौकरी नहीं ले पाया, बस, बात खत्म।"

"नहीं, अब आप गलत हैं यहाँ, मैं आपकी बात नहीं मानूँगी। आपका कहना यही था कि उसकी नौकरी हो जाएगी, तो मेरा भविष्य सुरक्षित रहेगा। पर अब जब मेरी ही नौकरी हो गई है, तो मेरा भविष्य सुरक्षित कैसे नहीं रहेगा! मेरे पास शायद अब ज्यादा स्वतंत्रता होगी, ज्यादा अधिकार होंगे। मुझे किसी पर निर्भर नहीं रहना होगा। जहाँ तक सुबोध की बात है, आपकी दया के इन पंद्रह महीनों के बीच उसे केवल दो ही परीक्षाएँ तो देने का मौका मिला है और उसमें भी उसने लिखित परीक्षा की लाखों की भीड़ से निकलकर सिर्फ हजार-दो हजार की संख्या में इंटरव्यू के लिए चयनित अभ्यर्थियों में जगह बनाई थी। हो सकता है वो झारखंड में भी चयनित न हो, पर ऐसा तो नहीं कि उसकी नौकरी ही नहीं लगेगी। अरे, कुछ तो खुली आँखों से देखिए।" रोली, भैया से लंबी बहस करने के मूड में।

भैया पहली बार बहुत ही गंभीर रोली को देखकर मुस्कुराते हुए, "ये तो कोई बात नहीं हुई। वो अपना किया वादा पूरा न कर सका, अब मैं बेरोजगार को तो तुम्हारे लिए नहीं चुन सकता न। बहुत अच्छी-अच्छी नौकरियों वाले

लड़के मिलेंगे अब तुम्हारे लिए, आजकल सभी नौकरी वाले लड़के नौकरीशुदा लड़की ही चाहते हैं।"

रोली तेज आवाज में पूरी दृढ़ता से, "ये आप ज्यादती कर रहे। अगर उसकी नौकरी लगी होती और मैं बेरोजगार होती, तब आपको कोई दिक्कत नहीं होती, पर अगर आज उसको जरूरत है किसी साथ देने वाले की, तो आप कहते हैं मैं उसे छोड़ दूँ! देखिए, ये आपकी मर्जी है, आप मेरी शादी में आएँगे या नहीं, मैं शादी सुबोध से ही करूँगी। मैं खुद सक्षम हूँ अपने सुखी जीवन के इंतजाम के लिए, अपने परिवार के अच्छे भविष्य की बुनियाद के लिए। सुबोध को नौकरी मिले न मिले, हम साथ ही रहेंगे।"

"ठीक है, अब जब तुमने आदेश सुना ही दिया है, तो मानना ही पड़ेगा। पर मुझे यकीन हो गया कि नौकरी कोई भी करे, घर में तुम्हारी ही चलेगी। वैसे, हिंदी ऑनर्स सुबोध बाबू ने हिंदी के अच्छे-खासे शब्द सिखा दिए हैं- सक्षम, भविष्य की बुनियाद, सुखी जीवन के इंतजाम..." रोली द्वारा उच्चारित एक-एक शब्द को चिढ़ाने के अंदाज में दोहराते हुए भैया।

"भक्क!" रोली शरमाकर भैया को गले से लगाते हुए।

सुबोध जी के पिता जी तो नौकरीशुदा लड़की की बात सुन झट से तैयार हो गए, पर सुबोध जी अब ब्रेकर लगा रहे थे।

सुबोध जी त्याग की भावना से ओत-प्रोत होकर, "मैं भैया का सामना कैसे करूँगा? कैसे तुम्हारा हाथ माँगूँगा? एक ही तो शर्त रखी थी उन्होंने, मैं उसको भी पूरा नहीं कर पाया।"

"ऐसा है, तुमको मेरा हाथ-वाथ माँगने की कोई जरूरत नहीं है, भैया को हम पूरा देह देने के लिए तैयार कर लिए हैं। और जहाँ तक तुम्हारी शर्मिंदगी की बात है, मैं शादी के दिन पहनने के लिए साड़ी लूँगी ही, मैं साड़ी पहन लूँगी, तुम घूँघट कर लेना, ठीक है! देखो! ढेर आदर्शवादिता मत ठोंको, बहुत लड़-झगड़कर भैया लोगों को तैयार किए हैं और अब तो तुम्हारे पिताजी भी तैयार हैं। उँगली मत करो, वरना बरात लेकर घर पहुँच जाएँगे और तुमको विदा कराकर जबरदस्ती ले आएँगे, तब जिंदगीभर न्यूज चैनल की न्यूज बनके घूमते रहना।" रोली बात करते-करते सुबोध जी की ओर चढ़ती हुई।

सुबोध जी- "दूसरा मौका देने के लिए धन्यवाद रोली, मैं जल्दी ही नौकरी

भी ले लूँगा, एक साल का समय दे दो बस।"

रोली- "अरे बंधन में न बाँधो खुद को, अब बियाह के लिए पढ़ोगे, भाक्क मरदे! समय ही समय है तुम्हारे पास, हम तो चाहेंगे तुम अपने पसंदीदा विषय हिंदी में ही पीएचडी करो और फिर प्रोफेसरी करो। कॅरियर को समय दो यार! जल्दबाजी से हो सकता है कि जीवनभर बिना पसंद की नौकरी करते रह जाओ।"

सुबोध जी ने एमए सेकेंड ईयर में ही जेआरएफ की परीक्षा पास कर ली और फिर बीएचयू में ही पीएचडी में दाखिला भी ले लिया है। दोनों ने सुबोध जी की नौकरी के लिए नहीं, बल्कि अपनी बैचलर लाइफ व शादी के पहले की लव लाइफ को भरपूर जीने के लिए शादी को फिलहाल तीन-चार साल के लिए टाल दिया है। सुबोध जी अब भी वही लंका वाली आंटी के फ्लैट में रहते हैं। रोली भी कभी-कभी दो-तीन दिनों के लिए वहीं रहने आ जाती है, पर सुबोध जी अब भी उन्हीं नियम-कायदों के हिसाब से रहते हैं, जिनको उन्होंने अपने मोबाइल के मेमो में टाइप करके रखा है।

***